小木屋的故事系列

草原上的小木屋

（插图版）

［美］罗兰·英格斯·怀德 ◎著

刘丙海 ◎译

吉林美术出版社 | 全国百佳图书出版单位

图书在版编目（CIP）数据

草原上的小木屋：插图版 /(美) 罗兰·英格斯·
怀德著；刘丙海译. -- 长春：吉林美术出版社，
2023.5
（小木屋的故事系列）
ISBN 978-7-5575-5652-5

Ⅰ.①草… Ⅱ.①罗… ②刘… Ⅲ.①儿童小说 – 长
篇小说 – 美国 – 现代 Ⅳ.①I712.84

中国版本图书馆CIP数据核字（2020）第130855号

小木屋的故事系列　草原上的小木屋
XIAO MUWU DE GUSHI XILIE　CAOYUAN SHANG DE XIAO MUWU

出 版 人　华　鹏

作　　者　[美]罗兰·英格斯·怀德 著

译　　者　刘丙海

责任编辑　栾　云

装帧设计　张合涛

开　　本　680mm×960mm　1/16

印　　张　11.5

字　　数　150千字

版　　次　2023年5月第1版

印　　次　2023年5月第1次印刷

出版发行　吉林美术出版社

地　　址　长春市净月开发区福祉大路5788号

邮　　编　130118

印　　刷　天津海德伟业印务有限公司

书　　号　ISBN 978-7-5575-5652-5

定　　价　42.00元

目 录

contents

第一章
去 西 部

在很久以前，当我们的爷爷、奶奶还是小男孩和小女孩，或者是襁褓中的婴儿，甚至还没来到世上的时候，爸、妈就带着玛丽、罗兰和小卡琳，一起离开了威斯康星州大森林里的小木屋。他们驾着马车走了，留下了孤零零的小木屋伫立在空旷的大森林里。从那以后，他们再也没有见过那座小木屋。

他们要到印第安人居住的地区。

做出这样的决定，是因为爸觉得森林里人口过于密集了。罗兰经常会听到斧头砍树的声音，但那时爸并没有在砍树；她还经常听到狩猎的枪声，可那时爸也没有开枪。小木屋前的那条小道已经被过往的马车压成了一条大路。每当玛丽和罗兰听到马车发出吱吱嘎嘎的声音，就会停止玩耍，好奇地打量着马车。

森林里来来往往的人多了，野生动物就不喜欢在这儿栖息了。所以爸也就不想在这儿继续居住下去。因为他喜欢跟野生动物做邻居。他喜欢小鹿和它们的妈妈在幽暗的灌木丛中好奇地观察着他；也喜欢看着胖乎乎的黑熊缓慢地移到树间草丛里吃野果的模样。

在漫长的冬夜里，爸向妈谈起了西部。在西部地区，平坦的土地遍布高大的树木和肥沃的牧草，动物们可以随心所欲地溜达，就好像它们生活在一望无垠的牧场上一般不愁吃喝。在那片广袤的草原上，只有一些印第安人住在那里，没有其他居民。

在深冬的一天，爸对妈说："你要是同意，我们现在就出发去西部吧。正好有人想要买下我们的地，能给不错的价钱，足够让我们在西部建造个新家了。"

"噢！查尔斯。"妈说，"我们现在非走不可吗？"这时候的天气十分寒冷，暖烘烘的小屋越发让人觉得舒服。

"既然决定要离开，那当然是越快动身越好了。"爸说，"等密西西比河的冰面融化，我们就没法过河了。"

于是，爸卖掉了小木屋、母牛还有小牛。他把一些胡桃木弯成弓形，固定在马车后车板正上方，妈帮着爸把一块挡风的白布套在上面，做好了结实的车篷。

天还没亮，妈就把玛丽和罗兰摇醒了。借着炉火和蜡烛微弱的光线，妈给两个女儿洗脸、梳头，穿上暖和的衣服。在红色的长法兰绒内衣外面套上羊毛衬裙，裹上羊毛连衣裙，还穿上了羊毛长袜，最后再套上大衣，戴上兔毛帽子和红色的毛线手套。

小木屋里能带走的东西几乎都被爸搬上了马车，只留下了大床、桌子、椅子等一些笨重的家具。因为再打几件新的家具，对爸来说是轻而易举的事。

地面上盖着一层薄薄的积雪。天还没有亮，空气寒冷而清新，夜幕中寒星点点，四周一片寂静，一排排的树木顶着光秃秃的枝丫呆立在那里。此时，东方开始渐渐发白，灰蒙蒙的树林中出现了些许亮光，原来是爷爷、奶奶、叔叔、姑姑还有堂兄妹们坐着马车来和他们道别了。

玛丽和罗兰什么也没有说，只是把各自的娃娃紧紧地抱在怀里。堂兄妹们围在玛丽和罗兰身旁看着她们俩。奶奶、婶婶和姑姑依依不舍地拥抱、亲吻着她们，一次又一次。

爸把猎枪挂在车篷内的篷架上，子弹袋子坠在枪下面，这样安置是为了驾驶马车的爸可以轻易取到猎枪。他又把小提琴盒小心翼翼地放在枕头间，这样车子无论怎么颠簸，小提琴都不会碰坏。

叔叔们帮爸把马套上马车。叔叔、婶婶让堂兄妹们与玛丽和罗兰吻别。爸把玛丽和罗兰抱上车，放在马车后边的床上。然后爸把妈扶上了马车，奶奶伸手托起小卡琳递到妈怀里。

爸自己一跃跳上马车，坐在妈身旁，而狗狗杰克则跟着马车跑来跑去。

一家人就这样离开了小木屋。小木屋的百叶窗是关着的，好像不忍心看这离别的一幕。小木屋前那两棵高大的橡树，每年夏天都会搭起绿色的"屋顶"，玛丽和罗兰就在下面玩耍。马车越走越

远，小木屋渐渐消失了。

爸跟罗兰保证，等到了西部会结识很多印第安小孩。

"印第安小孩长得跟我们有什么不同吗？"罗兰问。爸说："印第安小孩长得矮墩墩的，皮肤是红色的。"

他们走了很久，穿过被雪覆盖的树林，最后到了佩平镇。玛丽和罗兰以前跟爸妈来过这儿，不过镇子眼下看起来和以前不大一样了。所有的店铺门都紧闭着，树桩被雪覆盖，没有孩子在外面玩耍。一捆捆木材堆在被雪覆盖的树桩之间。只有两三个穿着高靴和鲜艳的格子呢大衣、戴着皮帽的男人在街上走着。

爸停下车，进商店里用毛皮去换一些旅途中所需的用品。妈、玛丽和罗兰在马车里吃着面包和糖蜜，马则吃着饲料袋里的玉米。他们不能在镇上待太久，因为他们天黑前必须到达河对岸。

巨大的湖面平整光滑，一直延伸到灰色的天际线。湖面上一道道马车留下的车辙伸向远方，消失在湖面的尽头。

爸驾着马车走到了湖面上，沿着那些车辙往前走。马蹄踏在冰面上，发出清脆的声音，车轮也跟着发出了嘎吱嘎吱的响声。身后的小镇看起来越来越小，直到最高的那间商店也变成了一个黑点。河面上空旷寂静，没有一点儿声响，这让罗兰感觉心里很慌。不过，她知道爸在驾车，杰克在车旁跟着，没有什么可以伤害到她。

马车终于驶过河面，来到一个土坡上。不远处有一片树林，罗兰看到树林中隐约有一栋小木屋，顿时觉得舒服多了。

小木屋里没人居住，那只是一个露营的地方。房子很小，但奇怪的是，里面有一个大壁炉和几张简易的床。爸在壁炉里生起了火，房子很快就暖和起来。那天晚上，玛丽、罗兰、小卡琳和妈都睡在靠着壁炉的温暖的床铺上，爸则睡在屋外的马车上，看守着马车。

深夜时分，罗兰被一种奇怪的声音闹醒了。那声音听起来有些像枪声，但比枪声更响亮更持久。这样的声音响了好几次。玛丽和小卡琳睡得很熟，但罗兰怎么也睡不着。黑暗中，妈那温柔的声音在耳旁响起："快睡吧，罗兰，那只不过是河里的冰开裂的声音。"

第二天早晨，爸对妈说："我们多幸运啊！赶在冰面开裂前过了河。卡洛琳，我真没料到冰会在今天就裂开，还好我们昨天过河的时候冰一点儿都没裂。"

"我昨天还在担心冰层会裂开呢！查尔斯。"妈温柔地回答。

罗兰之前没有想过这件事，直到父母提起，她才意识到要是马车昨天经过河面时，冰块突然裂开，他们连车带人会全部掉进冰水里，那情形会多么让人害怕啊。

"查尔斯，你看，孩子都被吓到了。"妈看着罗兰说。爸把罗兰抱进了怀里。

"小姑娘，我们已经越过密西西比河了！"爸边说边抱紧了罗兰，"我的苹果酒小瓶子，你怎么啦？你喜欢去印第安人居住的西部生活吗？"

罗兰告诉爸她喜欢去，又问爸他们是不是已经到了印第安人生活的地方。爸说他们还没有到那里，他们还在明尼苏达州呢。

到印第安地区的路还有很长。他们每天都在马不停蹄地赶路，几乎每晚爸妈都会在新的地方扎营。不过他们有时候也不得不在同一个地方一连住上好几天，因为洪水泛滥，必须等大水退后他们才能过河。他们渡过了许多条河流，看到了数不清的树木和山丘，还有很多没有树木的荒地。

有一天，他们来到了一条没有桥的流淌着黄色河水的大河前，这就是密苏里河。

爸把马车拉上一个宽大的竹筏。竹筏摇摇晃晃地离开了岸边。大家静静地坐在马车里，一动都不敢动。

几天后，他们来到了一处连绵起伏的山地。马车穿越一个山谷时，深深地陷入了黑色的泥潭里。大雨倾盆而下，电闪雷鸣，他们根本没有地方可以扎营生火。更糟糕的是，大雨打透了车篷，马车里的所有东西都被淋湿了。他们只能待在马车上过夜，用冰冷的食物充饥。

第二天，爸在半山腰找了一处地方扎营。雨停后，他们没有立即赶路，因为要等到大水消退、泥土变干，爸才能把马车轮子拖出来。

有一天，他们遇到一个瘦高的男子骑着一匹黑马从树林中走出来。爸跟他说了些什么，然后两人就一起进了树林，回来的时候，两人各骑着一匹黑马。爸用拉车的那两匹疲惫的棕色大马换来了这两匹矮马。

这两个小家伙长得非常漂亮。爸告诉罗兰它们不是纯种的矮马，而是西部地区特有的马种，是一种有着一半野生血统的马。"它们强壮得像骡子，却温驯得像猫咪。"爸说。它们的眼睛大大的，鬃毛和尾巴长长的，腿部纤细，比起大森林里的马，它们的蹄子要小得多，但跑起来更快。

罗兰问爸它们叫什么名字，爸说她和玛丽可以给它们取名字。于是玛丽给一匹马取名为皮特，罗兰给另一匹取名为帕蒂。当大水消退，道路变干的时候，爸就把马车从黑泥中拖了出来。皮特和帕蒂拉上马车，一家人又继续赶路了。

马车从威斯康星州的大森林里出发，一路穿过明尼苏达州、爱荷华州和密苏里州，现在很快就要进入堪萨斯州了。这一路上，杰克都跟在马车旁小跑。

堪萨斯州是一片一望无际的平原，遍地生长着茂密的野草，在风中摇曳。他们一天又一天在空旷的草原上奔走着，天空就像个浑圆的球，他们的马车好像在圆盖下穿行。

皮特和帕蒂整个白天都不停歇，跑累了就走一会儿，走一会儿又跑起来，却始终走不出圆盖的正中央。太阳下山了，天边被霞光染成了粉红色，马车还在圆盖下奔跑。很快黑暗笼罩了大地，野草随风摇摆，发出寂寞的响声。在这片旷野中，他们的营火看起来是那么渺小。星星眨着眼睛，低低地悬挂在天幕上，罗兰觉得它们似乎触手可及。

在以后的日子里，大草原和天空似乎没有丝毫变化。玛丽和罗兰对这连日来一成不变的景致无比厌倦。没有任何新奇的东西出现，也没有任何有新意的事情可以做。她们就呆坐在马车后面的那张铺着灰色毯子的床上。马车顶篷的帆布都已经卷到顶上并扎了起来。草原上的风吹乱了玛丽金色的鬈发和罗兰棕色的直发，火辣辣的太阳照得她们几乎睁不开眼睛。

有时，草丛里会蹿出只肥硕的长耳朵野兔。不过杰克已经顾不上它们了，跑了这么长的路，它的脚酸痛无比。马继续拉着车在草原上前行，帆布顶篷被风吹得呼啦啦乱响，每天都一切如故。

爸也疲倦了，风吹动着他那长长的棕色胡子。他放松了手中的缰绳，让马的脚步也放慢些。小卡琳躺在被窝里睡得正酣，妈静静地直坐着，双手交叉着放在膝盖上。

玛丽打了个哈欠。罗兰问："妈，我们能不能下车跑一跑？坐了这么久腿都麻了。"

"罗兰，这可不行。"妈回答。

"那我们能不能早点儿扎营啊？"罗兰问。现在已经到了下午，他们的午饭是借着马车的阴影，在一块干净的草地上坐着吃的。距离那时似乎已经过了很久。

爸说："现在还太早，得接着赶路。"

"我不管，现在扎营！我太累了！"罗兰嚷嚷着。

"罗兰！"妈喊道。罗兰不想惹妈生气，只好闭上了嘴，可是她的心里还是抱怨个不停。她的腿又酸又胀，头发被风吹得乱蓬蓬的。野草随风摇摆着，马车不停地颠簸着，不知道又走了多久，周围的景象还是没有变化。

"嘿！我们快走到一条河或者小溪了。"爸说，"孩子们，你们看，前面就是树林！"

罗兰扶着车篷站着往远处看，果然看到远处有很宽的一片黑影。"那些肯定是树！"爸说，"从影子的形状就能看得出来。在这么荒凉的地方，有树就意味着有水。我们今晚就在这里扎营吧！"

第二章
渡过河溪

皮特和帕蒂似乎也听懂了爸的话，步伐变得轻快起来。马车摇晃得厉害，罗兰紧紧地抓着车篷架的帆布。越过爸的肩头，她可以看到郁郁葱葱的草丛那边有着一大片树木，这些树和她以前见过的那些树都不一样，它们比灌木丛高不了多少。

"吁！"爸突然勒住了马，自言自语道，"该走哪条路呢？"

马车站在岔路口上，前面有两条路，路面都覆盖着模糊的车辙，一条路朝西去，另一条路则稍微有些下坡，通向南边。但两条路很快又消失在随风起伏的草丛里。

"我看我们走那条朝南的下坡路吧。"爸思考片刻说，"河流在下面，我们必须向下走才能找到通往浅滩的路。"爸赶着皮特和帕蒂踏上了朝南的路。

他们在略有起伏的地面上行进，一路上上下下。刚才看到的那些树木越来越近了，但它们看起来仍然很低矮。突然，罗兰吸了口气，牢牢抓紧车篷，因为从皮特和帕蒂的鼻子下边望过去，已经没有随风起伏的草丛了，也看不到地面。罗兰望着远方地面的尽头，那里有片低矮的树冠。

路就在那里拐弯了，沿着峭壁的顶部有连续的下坡路。爸使劲勒紧缰绳，皮特和帕蒂弯着腿，尽力向后拖着，屁股几乎都要贴到地面了。顺着越来越窄的坡路，车子向坡下急速滑了过去。马车两边耸立着锯齿状的红土悬崖。悬崖顶端的草丛随着微风轻轻摇摆，不过陡峭突兀的断壁上却寸草不生。悬崖壁散发出滚滚热浪，把罗兰烤得满面通红。风仍然在头顶上吹着，但却吹不进这个深陷其中的裂谷。

过了一会儿，马车终于回到了平地上。穿过一条小道，他们看到一大片宽广平坦的土地。这里长着茂密的树丛，罗兰刚才在上面的草原上看见过这些树梢。起伏的草地上散布着阴凉的小树林，在树林稠密的叶子中间，依稀可以看见成群的鹿躲在里面。偶尔有那么一两只小鹿会好奇地探出头来，打量着马车。

罗兰很惊讶，虽然马车到了平原，但她没有看到河流。这片低洼地非常开阔，位于大草原之下，阳光也可以照射进来。空气中没有一丝风，闷热的感觉让人很不舒服。车轮压过的土地很柔软，阳光照耀着的空地上，稀疏地长着一些野草，草不高，显然被鹿啃过。

不久，光秃秃的红土高崖渐渐地模糊了，当皮特和帕蒂在河边饮水时，红土崖已经淹没在小山丘和树丛的阴影里了。

寂静的空气里，只听见湍急的水流声。河两岸的树木枝叶低垂，树影投在河面上，水流很急，翻涌着银色和蓝色的晶莹水花。

"这水很深。"爸说，"不过我想我们应该能过去。你们看这片浅滩，还有马车的车轮印。卡洛琳，你怎么看？"

"你说得对，查尔斯。"妈回答。

皮特和帕蒂抬起它们那湿湿的鼻子，竖起耳朵，睁大眼睛盯着前面的大河，然后又转向爸，好像在听他说些什么。它们喘着气，把肉嘟嘟的鼻子凑在一起，仿佛正在说悄悄话呢。杰克站在河上游，正伸着红扑扑的长舌头舔水喝。

"我要把车篷上的帆布放下去了！"爸说。他从座位上站了起来，放下车篷两边的帆布，牢牢地绑在车篷底部的车板上。然后他把车后的绳子拽紧，两块帆布就紧紧地收拢，只留下一道细细的小缝，外面什么都看不见。

玛丽在马车后面的床上蜷缩着。她不喜欢涉水，那奔流的水声让她恐惧。但罗兰非常兴奋，她最喜欢在水里嬉戏打闹了。爸爬上马车，说："到了河中心，皮特和帕蒂要游过去，我想应该不会有事的！"

罗兰说："爸，我们让杰克坐到车上过河吧。"

爸没有回答，只是紧紧地抓着缰绳。妈说："罗兰，杰克水性很好的，你不用担心。"

马车驶进松软的淤泥里，缓缓前行。河水四处飞溅，拍打着车轮。水声越来越响了，突然一股河水撞击在马车上，接着，马车随之摇晃。马车浮起来了，顺着水波左右摇摆着，那种感觉非常奇妙。

水声终于停止了，突然，妈尖叫道："孩子们，快躺下！"

玛丽和罗兰迅速躺在床上。每当听到妈这种口气时，她们都会乖乖服从。妈拿了一块厚实的毯子，把她们从头到脚盖了起来。

"乖乖地躺好，不要动！"她喊道。

玛丽直直地躺着，全身哆嗦，一动不敢动。可罗兰却忍不住要动一动，她很好奇外面究竟发生了什么。她感到马车在不停地摇晃、打转。过了一阵又响起了喧闹的水声，然后声音又消失了。这时，罗兰听到爸大吼一声："拉住缰绳，卡洛琳！"

马车突然倾斜了一下，罗兰听到一声洪亮的、拍打车板的水响。她猛地坐起身，一把掀开身上的毯子。

爸不见了，妈一个人坐在前面，双手紧握着缰绳。玛丽害怕地把脸深深地埋进了毯子里，可是罗兰彻底爬了起来。她已经看不到岸边了。马车前面是湍急的河水，皮特、帕蒂还有爸都浸没在水里，只有头露在水面。爸在水里紧紧地拽着皮特的缰绳。

在湍急的水流声中，隐约传来爸微弱的声音，但罗兰听不清他究竟在说些什么。原来他正在和马说话呢。妈脸色苍白，一动不动地坐在驾驶位上。

"罗兰！快躺下！"妈大声喊道。

罗兰只好再次躺下，她觉得一股寒意遍布全身，非常不舒服。她紧闭着眼睛，但脑海里还是清晰地浮现出湍急的河水和爸浸在水里的棕色胡子。

马车一直摇摇晃晃了很长时间，玛丽始终乖乖地趴着不出声，罗兰的肚子越来越难受了。忽然，马车的前轮好像碰上了什么东西，发出刺耳的声音。接着罗兰听到了爸的喊叫声。整个马车剧烈地摇晃着，突然向后仰过去，可是车轮却开始在地面上滚动了。罗兰又一次爬了起来，紧紧抓住车前座。她看到了皮特和帕蒂湿漉漉的后背，它们正吃力地往陡峭的岸上攀行着。

爸一边牵着它们往上走，一边鼓劲："加油啊！皮特！加油啊！帕蒂！往前来！再上一步！好样的！"

两匹马上岸后，累得喘着粗气，水顺着它们的脊背滴滴答答地淌了下来。爸也浑身湿淋淋地站在一旁大口地喘着气，妈轻声唤道："噢，查尔斯！"

"太好了，卡洛琳。"爸笑着说，"我们这下安全了，这马车还真结实，这辈子还从来没有见过河水涨得这么快的。皮特和帕蒂水性都很好，但要是我不引导它们，它们可能就游不过来了。"

如果爸当时不知道该怎么办，或是妈因为恐惧而无法帮忙驾车，或是玛丽和罗兰没有乖乖听话，恐怕这时候他们已经被卷进大水中，随着水流被冲到很远的地方了，他们全都会被淹死。更糟的是没人会知道发生了什么，或许在几周内，都没人经过这里，发现他们出了事。

"总算过来了！"爸吐出一口气说，"这样就好了。"

妈担心地说："查尔斯，你看你，全身都湿透了。"

爸还没开口，罗兰突然喊起来："杰克！杰克在哪儿？"

他们居然把杰克给遗忘了。它被孤零零地丢在了对岸，可能被大水冲跑了。之前杰克一直都紧跟在马车后面游着，现在却连影子都看不到了。

罗兰强忍着不让自己哭出来，因为哭鼻子不是件光彩的事情。可怜的杰克！他们从威斯康星州出发，杰克就一路忠心耿耿地追随，可现在却由于他们的疏忽，让它被大水淹死了。杰克一定很疲惫，当时应该让它坐在马车上。它肯定是眼睁睁地看着马车漂远了，就好像他们根本不在乎它似的，可它绝不会知道他们是多么需要它啊。

爸说要是知道中途会遇到涨水，他绝不会让杰克游过去了。他还说他绝不会辜负杰克，哪怕有人给他一百万，他也不会放弃杰克的。

"可惜现在说什么都没有用了！"爸喃喃地说。

爸顺着岸边寻找杰克，大声喊着它的名字，使劲吹着口哨，可杰克始终没有出现。

皮特和帕蒂已经休息好了，爸在寻找杰克时，那身湿透的衣服已经被风吹干了。爸驾着马车，开始顺着小山坡往上爬，驶离了河床。

一路上，罗兰一直看着马车后面，但不管她怎么寻找，都没能看到杰克的影子。可是，罗兰却不肯放弃。此时，除了马车和河流之间那些蜿蜒起伏的小山坡，她什么也没看见。马车又跑了一会儿，她又一次看到了那片高耸的红土悬崖。

接着，又一片高耸的山崖矗立在他们面前，路面上深深浅浅的车辙一直延伸到峭壁所包围的通道上。皮特和帕蒂沿着峭壁间的窄道，一直不停地向前走着，很快就来到了长满青草的山谷里。过了山谷，又是一片开阔的大草原。

到了草原上，他们看不到任何车辙或马蹄印，仿佛没人来过。只有高高的野草覆盖着连绵不断的空旷大地。天空最远处，一轮巨大的太阳发出了万丈光芒。天边呈现出一片淡淡的粉红色光辉，往上依次是黄色和蓝色，蓝色周围的天空仿佛没有任何颜色，如同透明一般。

有种淡紫色的光芒轻轻笼罩在大地上，悲切的风声响彻草原。

爸停下马车，准备在这里扎营露宿，玛丽和罗兰也赶紧爬下了马车。

"妈。"罗兰难过地说，"杰克去天堂了，对吗？它是一条好狗，它能上天堂吗？"

妈不知道该怎么说，爸这时说道："是的，罗兰，它肯定去了天堂。仁慈的上帝不会亏待任何一个生灵的，像杰克这么好的狗，上帝怎么会忍心留它在天堂外面受冻呢？"

听了爸的话，罗兰得到了一丝宽慰，但她始终开心不起来。爸的心情也不好，他干活儿的时候没有像往常一样吹口哨。过了好一会，他说："在这种荒山野地，没有条好狗，可真有点儿麻烦呢。"

第三章
在草原上扎营

爸像往常一样扎营。他先给皮特和帕蒂松了套，卸下车，然后把它们拴在马桩上。因为缰绳比较长，它们可以悠闲地到处吃草。不过，皮特和帕蒂被拴在那儿，它们做的第一件事就是躺在地上打滚，一直滚到它们感觉身上所有的束缚都消失为止。

当皮特和帕蒂在草地上撒欢的时候，爸在一旁拔草，腾出一大块空地来。因为新长出的嫩草下面往往都堆积着一些枯死的干草，爸这样做是为了防止枯叶被引燃，把整片草原烧光。爸说："还是小心为妙。"

爸腾出空地后，在中间铺了一堆干草，然后到河边去找了些树枝和枯木。爸将树枝堆到干草的上面，在树枝上面堆些较粗的木头，然后点燃了最下面的干草。火焰欢快地一跃而起，燃烧起来的树枝噼啪作响。火堆在空地中间，不会烧到圈外的草地。

爸去河边打了些水，玛丽和罗兰就帮妈一起准备晚饭。妈往咖啡罐里倒了一把咖啡豆，玛丽帮忙把咖啡磨碎，罗兰负责往罐子里加满水，然后妈把咖啡壶放到火堆上加热，顺手把烤箱也一并摆在上面。

烤箱还没被烧热之前，妈把玉米粉、盐和水搅拌均匀，拍成一张张小饼，然后妈在烤箱里涂上一层猪油，放进了玉米饼，盖上盖子。接着爸又添了一些柴火，妈把培根切成薄片，用特制的香料翻煎着。

不一会儿咖啡就煮得喷香了，玉米饼也烤熟了，美味的煎培根片也做好了，罗兰闻着扑鼻的香味儿，越发觉得饥饿难耐。

爸从马车里拿出垫子靠近火堆，跟妈一起坐上去。玛丽和罗兰就坐在马车的长板子上。他们每人都有一个铁餐盘和一副带有白色骨柄的刀叉。爸有一个锡杯子，妈也有一个，小卡琳有自己特制的小杯子，玛丽和罗兰两个人合用一只铁杯子，她们的杯子里都是白水，因为小孩子不能喝咖啡。

吃晚饭的时候，周围的暗紫色逐渐把火堆全部渗透了。空旷的草原变得漆黑一片，四周静悄悄的。偶尔有一阵风轻轻地划过草丛，低垂的星星在无边的天空中闪闪发光。

在这寒冷漆黑的野外，熊熊的篝火让人感到格外舒服。肉片煎得外焦里嫩，玉米饼也烤得可口。皮特和帕蒂在黑暗中享受它们美味的晚餐，发出了咀嚼声。

"我们先在这里待上几天看看。"爸说道，"卡洛琳，没准我们会在这里定居呢。这里土地肥沃，河边低地上有许多木材，还有无数的野味，我们想要的什么都不缺。你说是不是？"

"再往前走可能还不如这里好呢。"妈答道。

"我明天先到处看一下。"爸说，"我会带上枪，打点儿新鲜的野味回来。"

他捡了一小块烧红的炭火点燃了烟斗，舒服地伸开了双腿。烟草散发的气味和篝火的热气融为了一体。玛丽打了个哈欠，从马车的长板子上滑下来，坐到草地上。罗兰也打了个哈欠。妈抓紧时间收拾完餐盘、杯子、刀叉等餐具，清洗烤箱后，用一条棉布毛巾把它们擦拭干燥。

突然妈停下手中的活儿，侧耳倾听了片刻，漆黑的草原远处传来又尖又长的嗥叫声。每个人都猜得到那是什么声音。那声音让罗兰毛骨悚然，头皮发麻。

妈拧干了洗碗布，把洗碗布晾在高大的野草上面。当她转身回来时，爸轻声对她说："附近有狼，大概距离我们半英里①远。有鹿的地方总会有狼出没。我多希望……"

爸没有接着往下说，但罗兰能猜出他希望的是什么——他希望杰克还在。原来住在大森林的时候，每当有狼嗥叫，罗兰都不会感到害怕，因为杰克会拼死保护她的。想到这里，罗兰鼻子一酸，她用力眨了眨眼睛，把眼泪憋了回去。这时，刚才那只狼，又发出了可怕的嗥叫，当然也可能是另一只狼。

"孩子们，该睡觉了！"妈用愉快的语气招呼她们。玛丽站起身，转向妈，让她帮忙解扣子。罗兰却一动不动地站在那里。她看到了什么东西——在火堆对面暗处的草丛里闪烁着两点绿莹莹的光，肯定是一双眼睛！

罗兰感到一股寒意袭来，汗毛都竖起来了。那两点绿光移动着，一点暗了下来，接着另一点也暗了，然后两点绿光又同时出现了，而且正越来越快地向他们靠近。

"爸！快看那边！"罗兰大叫着，"是狼！有一只狼来啦！"

爸迅速跑到马车上取下他的枪，对准那两点绿光准备射击。那对绿光停下来不再靠近，一直在原地瞪着爸。

"那不像是狼。"爸说。妈把玛丽抱上马车。"如果有狼出没，马肯定会比我们更早受到惊吓，可你看皮特和帕蒂还在若无其事地

---

① 1 英里 =1.609344 公里。

吃草呢。"

"难道是猞猁?"妈问。

"会不会是一只土狼?"爸一边说一边蹲下去捡起一根木棍,朝着那对绿光吼了一声,把木棍扔了出去。绿眼睛蜷缩了一下身体,好像要扑过来似的。爸再一次瞄准,它又一动不动了。

"查尔斯!别过去!"妈喊道。但爸还是小心翼翼地走向那两点绿光。那两点绿光竟然也慢慢地贴着地面向爸靠近。罗兰依稀看见那个动物是一只黄褐色带有斑纹的家伙。紧接着,爸兴奋地大叫一声,罗兰也尖叫起来。

妈飞奔过去,一把搂住了杰克,杰克气喘吁吁地摇着尾巴,伸出温暖湿润的舌头舔着罗兰的小手,罗兰还没来得及抱它一下,它又一下子跑到爸妈那里去了,然后又跑回了罗兰身边。

"真的吓了我一大跳!"爸欢呼着。

"没错儿。"妈轻声说,"嘘,小点儿声,卡琳都被吵醒啦!"她一边说一边轻轻摇着怀里的小卡琳,哄她入睡。

杰克安然无恙,它靠着罗兰躺了下来,长长地舒了口气。它显然是累坏了,眼睛充血,肚子上还沾着污泥。妈掰了块玉米饼递给它,它只是舔了舔,还摇摇尾巴表示感谢,但它累得根本没有力气吃东西了。

"简直无法想象它在水中游了多久。"爸说,"它爬上岸前肯定被大水冲到老远的地方去了。"

不管怎么说,它总算找到了他们!罗兰却把它当成了野狼,爸还差点儿拿枪把它打死。但是,杰克应该会懂。罗兰问它:"我们刚才不是故意那样对你的,杰克,你明白吗?"杰克摇摇尾巴,好像在告诉大家它明白。

睡觉时间早已过了。爸把皮特和帕蒂拴在马车后面的食槽旁边，给它俩一袋玉米吃。卡琳又睡着了。妈帮玛丽和罗兰脱下衣服，然后给她们穿上长睡衣，套好袖子。她们自己系好纽扣，把睡帽带子在脖子下面系紧。疲惫的杰克绕着马车底下转了三次身，便趴下睡了。罗兰和玛丽在马车里做完睡前祷告，钻进被窝里。妈吻了吻她们，和她们说了声晚安。

车旁的皮特和帕蒂正津津有味地咀嚼着玉米。树林里传来猫头鹰"咕——咕——"的叫声，草原深处那只狼仍然不时地嗥叫着，杰克警告似地低吼了几声。睡在马车里的一家人，这下不用担心什么，可以踏踏实实地睡到大天亮了。

帆布篷顶的前部敞开着，夜空上挂满了亮闪闪的星星，罗兰

觉得爸站起身来就可以摸到它们。她多希望爸能把天上最大的那颗星星摘下来送给她。这样想着，罗兰怎么也睡不着。忽然，她惊喜地发现那颗最大的星星冲着她眨了一下眼睛！

　　等她醒来时，已经到了第二天的清晨。

第四章
住在草原上

罗兰听到了马的嘶叫声，还有玉米倒入饲料槽的沙沙声。原来是爸在喂皮特和帕蒂吃早餐呢。

"皮特！回去吧！你不能太贪心。"爸说，"现在轮到帕蒂吃了。"

皮特的蹄子重重在地上跺了几下，发出了不满的嘶叫。

"帕蒂，吃你自己那边的，"爸又说，"这边的归皮特吃。"

接着，帕蒂又发出了叫声。

"哦，让我看看，你被咬了吗？"爸说，"你这是自找的，我不是警告过你不要去吃皮特的饲料了吗？"

玛丽和罗兰对视了一下，都笑了起来。咸肉和咖啡的香味飘进了马车，她们还听到了烤饼发出的咝咝声，于是连忙下了床。

玛丽和罗兰自己都会穿衣服了，不过衣服背后的扣子她们够不着。所以罗兰先帮玛丽扣好扣子，再转过身让玛丽帮她把背上的扣子扣好。她们在马车踏板上的马口铁脸盆里洗净了脸和手。妈帮她们梳好了头发，爸去河边打来了清水。

一家人席地而坐，把锡盘放在膝盖上，吃起了烤饼、咸肉和

蜜糖。

这时，玫瑰色的太阳爬上了地面。草丛中跃起一只云雀，欢叫着飞向碧蓝如洗的高空。云彩像散落的细碎珍珠，成片地铺在湛蓝的天空上。一群小鸟在草丛上空盘旋着，唱着歌。爸说那是美洲雀。

"小雀儿，小雀儿！"罗兰开心地冲着它们喊个不停。

"罗兰！快吃饭吧！"妈说道，"即使我们现在远离人群，也必须举止得体。"

爸温和地说道："卡洛琳，这里离独立镇只有四十英里了，也许这附近就有人居住了。"

"四十英里？那么近！"妈说，"但不管怎样，都不可以在餐桌上大喊大叫。"她又补充道："我是说吃饭的时候。"因为她发现这儿没有餐桌。

这里只有辽阔空旷的大草原，太阳跟着飘移不定的云彩忽明忽暗。风轻轻地吹动着，草丛也沙沙作响。草原的上空便是无边的蔚蓝天空，太阳高高升起，鸟儿在空中振翅飞翔，欢快地歌唱着。这里似乎没有人生活居住过的迹象。

在这无边无垠的天地间，只停留着一辆渺小、孤单的马车。爸、妈、罗兰、玛丽和小卡琳围坐在马车旁享用早餐，两匹马也在津津有味地吃着玉米，杰克则静静地守在一旁。

妈不准罗兰一边吃饭一边喂杰克，但罗兰还是给它留了点儿食物。妈用剩下的面糊做了一张大玉米饼给杰克吃。

田野里的兔子、松鸡特别多。不过今天杰克不能出去觅食，因为爸要出去打猎，它得负责看守营地。

爸把皮特和帕蒂拴到马桩上，又拿着大木桶去河边打了一桶水，让妈清洗东西。接着爸在腰间别了一把斧头，扛起猎枪。临走前他嘱咐妈："卡洛琳，你慢慢收拾吧，我们暂时就在这儿住几天吧。"她们看着爸的背影渐渐远去，最后完全消失在一片绿色里。草原上一下又变得空荡荡的。

妈在马车里整理床铺，玛丽和罗兰帮忙清洗餐具。她们把盘子洗好擦净后整齐地码放在盒子里，然后又去附近拾了一些干柴，把它们堆在马车旁边。不一会儿，营地就被打理得非常整洁干净了。

妈从马车里取出盛液体肥皂的小木盘，挽起袖子，撩起裙摆，蹲在水桶旁，洗涤着被单、枕套、白色的内衣、衬衫、外衣，用清水漂干净后，把它们平铺到干净的草丛上晾晒。

玛丽和罗兰到处跑着，快乐地探索着草原的一切。妈曾一再叮嘱她俩，不能离开马车太远。但是像这样晒着太阳，在草丛中穿梭，和风赛跑，实在太有趣了。长耳朵的野兔听见她们的声音，四处逃窜。小鸟在天地间盘旋飞舞，在高高的草丛中间还能发现它们的鸟巢。长着褐色条纹的小黄鼠跑来跑去，这些小家伙就像穿着天鹅绒的袍子，看上去光滑而柔软。它们小小的圆眼睛乌黑明亮，不停地抽动着鼻子，爪子很细小。它们时不时从洞口跳出来，直立着身子好奇地打量玛丽和罗兰。

玛丽和罗兰真想抓一只给妈看。她们试了很多次，好几次都是差一点儿就逮住了。黄鼠总是纹丝不动地待在那里，可等她们一扑过去，它一下子就溜掉了，只剩下地面上那些圆洞。罗兰追着黄鼠到处跑，就是一只也抓不着。玛丽则安静地守着一个洞口，想等它探出头来，就一把抓住。那些黄鼠快活地跑着，还有几只索性坐在洞口瞅着玛丽，就是不肯出洞。

突然，她们头顶上方出现一片阴影，所有的黄鼠转眼间就消失了。原来天空中有一只鹰正在低低地盘旋，罗兰能清楚地看到它那贪婪的眼神、锋利坚硬的嘴和铁钩般的爪子。老鹰没发现猎物，只看见了罗兰、玛丽，还有一个个圆圆的洞口，就飞去别处觅食了。老鹰刚离开，所有的小黄鼠又从洞里跑出来了。

很快就到了中午，太阳高高地挂在天上。玛丽和罗兰没能抓住小黄鼠，只好一人摘了一束野花打算送给妈。

妈正在把晾干的衣服叠起来收好，太阳把小小的内裤和洁白的长裙晒得暖乎乎的，上面还带着野草的芳香。妈把衣服放进马车，高兴地接过野花，把它们插在马口铁做成的水罐子里。妈把插好的花摆放在马车踏板上，点缀得整个马车都亮丽起来。

妈拿出两块玉米饼，涂上蜜糖，分给玛丽和罗兰当午餐。她们都跑饿了，吃得特别香。

"妈，怎么还没看到印第安小孩呢？"罗兰追着妈问。

"罗兰，不许含着东西讲话！"

罗兰赶紧把嘴里的饼子嚼碎吞了下去，然后又说："我想看印第安小孩！"

"你为什么成天想着要看印第安小孩呢？"妈说，"别着急，过段时间你肯定能看个够。"

"那他们不会伤害我们吧？"玛丽问，她很听妈的话，吃东西的时候绝对不会说话的。

"当然不会！"妈说，"别想太多！"

"那你为什么不喜欢印第安人呢？妈？"罗兰问，这时饼上的蜜糖顺着她的手指正往下掉，她急忙用舌头舔干净了。

"罗兰，不能舔手！"妈说，"没有什么原因，就是不太喜欢而已。"

"我们现在已经在印第安地区了，"罗兰追问，"既然你不喜欢他们，为什么还要来这里呢？"

妈说她也不知道他们现在究竟在哪里，也可能他们还没有走出堪萨斯州。但有一点可以确定，那就是印第安人应该离这里不远了。爸之前听一个来自华盛顿的人说，印第安地区很快会对定居者开放，说不定现在已经开放了。不过他们得到的消息也不见得可靠，因为这里离华盛顿太远了。

妈去马车里拿出了熨斗，放在火边烤热，然后把玛丽、罗兰和小卡琳的衣服，以及她自己的那件印有枝叶图案的布衣服都喷湿了，再拿来一条毛毯垫在马车前的车座位上，开始熨烫衣服。

小卡琳还在马车里睡觉，玛丽、罗兰和杰克躺在马车旁边草丛的阴影里。杰克热得伸出长长的舌头，呼呼喘着粗气，疲倦地眨着眼睛。妈一边哼着曲子，一边熨烫衣服上的皱褶。她们的营地周围只有大片的野草在风中摇曳着。抬头望去，几朵白云在高高的天空中飘来飘去。

这里的一切都让罗兰充满了欣喜。风在草丛中低声歌唱，发出沙沙的响声。大草原上到处都能听到蝗虫颤抖的叫声，河边的树林中传来一阵嗡嗡声。所有的声音汇集在一起，弹奏出一曲美妙的交响乐。这里是迄今为止最让罗兰喜欢的地方了。

罗兰醒来时才发现自己竟然睡着了。太阳已经落下去了，杰克摇着尾巴站在她旁边。草原那头出现了爸的身影。罗兰一跃而起，朝爸跑过去。在这随风起伏的草丛中，父女俩长长的影子叠在了一起。

爸高高提起手中的猎物，那是一只无比肥硕的兔子，还有两只大松鸡。罗兰高兴地跳了起来，拍手尖叫着。她挽着爸的胳膊，蹦蹦跳跳地穿过草丛往马车这边走。

"这里的猎物遍地都是！"爸兴奋地说，"我至少看到了五十只鹿，还有好多野兔、松鼠、羚羊以及飞禽。河里还有还有好多的鱼。"他对妈说："卡洛琳，这里有我们想要的每一样东西，我们可以像国王一样生活在这里！"

他们享用了一顿丰盛的晚餐。一家人围坐在篝火旁，尽情享用着鲜美可口的野味。罗兰吃得饱饱的，放下手里的盘子时，还打了个饱嗝。在这个世界上，再也没有比享受这顿晚餐更幸福的事了。

最后一丝亮光也从天空中消失了，草原再次被笼罩在黑暗中。晚风吹拂，带来了丝丝凉意，温暖的火堆格外舒适。河边的小鸟们发出了寂寥的啼叫。夜幕降临后，小鸟们安静下来。

爸在星光下拉起了小提琴，柔和悠扬的旋律在草原上空飘荡，他一边拉一边唱着：

> 谁见了你都会爱上你，
>
> 你就是我心中的唯一……

明亮耀眼的星星从夜幕上低垂下来，仿佛在随着琴声轻轻闪动。

罗兰低哼了一声，妈走到她身边，关切地问："罗兰，你怎么了？"罗兰小声说："妈，你听，星星也在唱歌呢！"

"你一定是困迷糊了，"妈温柔地说，"那是琴声。现在已经到了睡觉的时间了。"

妈在篝火旁给罗兰换上睡衣，戴好睡帽，然后把她抱上马车。琴声还在星光中继续弹奏着，音符在草丛间飘荡着。罗兰相信，那些闪耀的星星一定也在低低地吟唱。

第五章
草原上的小木屋

第二天，太阳还没升起，玛丽和罗兰就起来了。她们吃了些玉米粥和烤松鸡，吃完赶紧去帮妈清洗餐具。那时，爸已经把东西往马车上装了，然后把皮特和帕蒂拴在马车前面。

当太阳升起的时候，他们已经在草原上穿行了。前面看不清道路，皮特和帕蒂只能在草丛中开了一条道出来，马车后面留下一趟车轮的印迹。

走了一个上午，爸"吁"了一声，停下了车子。

"卡洛琳！我们到了！"他喊着，"我们就把房子盖在这个地方。"

玛丽和罗兰赶忙从马车上爬了下来。周围遍布着绿油油的草丛，茫茫草原一直蔓延到天空的尽头。离他们不远的北方，草原下面有条小河。在那儿生长着一片树林，树林对面是红土堆积的崖壁。在离他们很远的东面，一条断断续续深浅不一的绿线，贯穿了整个草原。

"那是弗迪格里斯河。"爸指着那边对妈说。

爸和妈把马车里的所有东西都搬到了草地上，然后又把车篷帆布摘下来盖在上面。最后，他们把车厢也卸了下来。玛丽、罗兰和杰克在一旁看着。

好长一段时间，他们都以马车为家，如今，这辆车只剩四个车轮，还有连接它们的木头架子。皮特和帕蒂还拴在马车前面。爸带着水桶和斧头，坐在只有车架的马车上，向大草原下面去了，渐渐地，他的身影就不见了。

"爸去干吗？"罗兰问。

"他去河边砍些木头。"妈回答。

在这片大草原上突然没有了马车，让罗兰忽然感到心里有一丝恐惧。她意识到自己置身于广袤的天地间是如此的渺小，她很想像松鸡那样躲在高高的草丛里，但她没有那么做，而是帮着妈收拾东西。玛丽则负责坐在草地上照看小卡琳。

妈和罗兰先用马车的帆布支起了一个帐篷，把床铺好。然后

妈开始整理箱子和包裹，罗兰忙着把帐篷前的一片野草拔干净，这样，等爸劈柴回来就可以生火了。

做完这些事情之后，罗兰便在帐篷四周闲逛起来。她发现草丛中竟然隐藏着一条秘密通道。如果从起伏的野草上望过去，是无法注意到这条通道的，因为它被高高的草丛遮得严严实实。但走近的时候，就会看到了，它一直延伸到很远的地方。

罗兰沿着小道走了一会儿。她走得很慢，后来越走越慢，她觉得这里太奇怪了。她心里开始紧张起来，便转身往回跑。她一边跑一边往后看，尽管后面什么也没有，但她还是飞快地跑着。

当爸拉着满满一车木头回来时，罗兰把秘密通道的事情告诉了他。爸说："那是一条旧的小道。"他昨天就看到了。

吃晚饭的时候，全家人围在火堆旁，罗兰又问什么时候可以看到印第安小孩，爸说他也不确定。他说，如果印第安人不想被我们看到，那我们就别想看到他们。当他还是个孩子的时候，曾经在纽约见到过印第安人。但罗兰到现在都没有见过印第安人，只听说他们是有着褐色皮肤的野人。

罗兰觉得爸既然知道野生动物的一切，那么他对野人也肯定非常了解。她相信总有一天爸会让她见到印第安小孩，就像以前带她看小鹿和小熊一样。

爸连着几天都去河边砍树，搬回来的木材码成了两堆，一堆用来盖房子，一堆用来盖马厩。爸每天驾着车在营地与河边之间往返，现在已经走出一条小道了。晚上，爸就把皮特和帕蒂卸下来拴在木桩上吃草，木桩周围的草地被它们啃得光秃秃的。

爸开始着手盖房子了。他用步子丈量出房子的面积，然后沿着房子底座长方形的两边用铁锹各挖出一道浅浅的沟。他选了两根最粗壮的木头放在浅沟里做地基，来支撑整个房屋。

然后爸又选了两根比较结实的木头，把它们滚到地基的两头，围成了一个长方形。他用斧头在木头上劈出宽宽的深深的凹槽。他一边劈，一边用眼睛丈量好，让这两根木头可以镶嵌到地基上面。

当这些槽都凿好后，爸就把木头滚到基木两头，正好能够完全放上。房子的地基就这样打牢了，差不多有一根木头那么高。作为地基的木头有一半埋在泥土里面，而地基两侧的木头则牢牢贴在地面上。

第二天，爸给小屋搭建墙体。他先把木堆上的木头滚到长方形房屋底座的长边上，在木头两端砍出一个凹槽，这样它们就可以嵌入前面的木头中。接着，再从基木的另外两侧各推上去一根木头，凿出凹槽，使其可以和之前的木头卡在一起。现在，整座房子差不多有两根木头那么高了。

木头在墙角处被牢牢地固定在一起，但也不是每根木头都十分顺直，而且木头两端的粗细也不一样，所以整个墙面就留下了缝隙。但没有关系，因为过后缝隙是可以填平的。

爸独自搭好了三根木头那么高的墙，但再往高盖就需要妈帮忙了。爸先举起一根木头把一头搭上去，妈扶着它，等爸去把木头的另一端举起来。当爸站在半截墙壁上面，在木头的一端刻上凹槽时，妈就帮着他把木头滚过来，紧紧地扶着，让爸能把木头落准，这样才能让墙角保持正方形。

木头被一根根垒上去，墙壁慢慢增高，罗兰再也不能从那上面跨过去了。她看腻了盖房子，就又跑到草丛中去"探索"了。突然她听到爸大吼一声："快松手！赶紧躲开！"

一根沉重的木头从高高的墙上滑了下来，爸尝试抓住他那边的一端，以免它砸在妈身上，可爸并没有抓住它。那根木头还是坠落了。罗兰看到妈应声躺倒在地，蜷缩成了一团。

罗兰朝妈飞奔过去。爸跪在地上，声嘶力竭地喊着妈的名字。妈虚弱地说："我没事。"

妈的脚被木头压住了，爸抬起木头，她才把脚抽出来。爸轻轻地摸着妈的脚，检查有没有骨折。

"动动胳膊，看看后背有没有不舒服？头能转动吗？"妈动了动她的胳膊，还转了转头。

"谢天谢地。"爸说着把妈扶了起来。妈说："查尔斯，我没事，就是脚有点儿疼。"

爸赶紧蹲下脱掉妈的鞋袜，揉了揉妈的脚踝、脚面和每根脚趾。"疼得厉害吗？"他问。

妈的脸色已经煞白了，她紧紧地咬着嘴唇，说："不是特别疼。"

"严重扭伤了。"爸说道，"不过还好，没有骨折。"

妈故作轻松地说："扭伤很快就能恢复，查尔斯，不用担心。"

"都是我的错！"爸懊恼地说，"我应该用枕木的。"

爸把妈扶进帐篷，就去生火烧水。水烧开了后，妈把浮肿的脚浸到热水里。脚没有骨折，真是万幸。这多亏地面上有点儿凹陷。

爸过一会儿就往盆里续些热水。妈的脚烫得通红，肿着的脚踝逐渐变成了紫青色。泡了一会儿，妈用毛巾擦干了脚，然后用布条紧紧地缠在脚踝上。

"看，我自己能走了。"妈说。可她的脚肿得穿不上鞋了，便缠上更多的布条，然后就一瘸一拐地去给大家准备晚餐了，行动比平时缓慢了许多。爸告诉妈，在她的脚康复之前不能再帮他盖房子了。

所以爸就做了几根枕木，那其实就是几根长长的平木。平木的一端搭在墙上，另一端戳在地面上，有了这几根枕木，他就不用再靠胳膊往上举了，可以和妈在枕木上滚木头。

只是妈的脚还没有痊愈。妈每晚都会解开脚上的布条，在很烫的水里泡脚。可过了几天，脚还是青一块紫一块的。看样子，他们还得再等一等才能盖房子了。

一个下午，爸吹着欢快的口哨走回营地。他今天出去打猎，按说应该晚些回来的。他一看见她们就大声喊道："我带来了好消息！"

他们有了一个新邻居——爱德华先生，就在小河对岸，离他们大约两英里远。爸今天在树林里遇到了他，他们一拍即合，商量日后可以彼此照顾一下。

爸说："他是个单身汉，住房问题很好解决，所以他答应先帮我们盖房子。等他把盖房子用的木头准备好后，我再去帮他盖。"盖房子的事又可以继续进行了，妈不用为此操心了。

"卡洛琳，你看行吗？"爸高兴地问妈。"真是太好了，查尔斯！"妈说，"我太开心了！"

爱德华先生第二天一早就来到了他们的营地。他高高瘦瘦，皮肤是棕色的。他礼貌地向妈鞠躬，尊敬地称她为"夫人"。不过他悄悄告诉罗兰说自己是来自田纳西州的一只野猫。他穿着长筒靴，戴着一顶熊皮帽，穿着一身破旧的工作服。他把烟草放到嘴里嚼，然后吐得老远，罗兰以前从没见过有谁能把烟草汁吐得那么远。而且他指着哪里就能吐到哪里，罗兰试了好几次，不过她总是吐不准，而且也不能像爱德华先生一样吐那么远。

有了手脚麻利的爱德华帮忙，小屋的墙只用了一天时间就搭得足够高了。他们俩工作的时候还聊天、开玩笑、唱歌，但手里的斧头却在不停地劈着木头。

他们在墙上用细木头架起了屋顶架，又在南面的墙壁上锯开一个高高的矩形洞用来安装门，最后在西墙和东墙上分别锯开了两个小方洞，这是为以后安装窗户准备的。

罗兰已经等不及要去看看新家里面是什么样子了，所以爸刚把门洞弄好，她就赶紧钻了进去。夕阳的光线透过西墙的缝隙洒进了小屋，一道道光照进房间里，屋顶木架也斜斜地把影子投到地面上，那影子直照在罗兰的手上、胳膊上和她光着的脚丫上。罗兰透过木头间的缝隙往外看，大草原也被分割成了一块一块的长条形。空气中夹杂着青草的芬芳和木材的香味。

然后，爸在西墙上开窗户洞，夕阳紧随着洒落进来。当爸开完新窗口时，阳光已经洒落了一地。

爸和爱德华先生用钉子把薄木板沿着门框和窗框的边缘钉了一圈。这样新屋子的大部分结构就都完成了，只剩下一个屋顶没弄完。这个房子很宽敞，比他们的帐篷大多了，而且木头墙非常结实，真是一座美丽的房子。

忙活了一整天，爱德华先生该回家了，但爸妈不让他走，坚持邀请他共进晚餐。因为要招待客人，妈特地做了一顿丰盛的晚餐。

有香喷喷的炖野兔肉，还有肉馅团子、新烤出来的玉米面包和美味的培根。妈没像往常一样往咖啡里加蜜糖，而是改用从商店里买来的浅褐色的砂糖。

这顿晚餐爱德华先生吃得非常开心。

饭后，爸开始拉小提琴，爱德华先生舒服地躺在草地上，倾听着美妙的音乐。爸先拉了那首罗兰最喜欢的曲子，一边拉一边唱着。罗兰之所以喜欢这首歌，是因为爸的歌声会越来越低，越来越低，并且悠长动听。

啊，我是一个吉普赛的国王！

我自由自在无拘无束！

我摘下我的旧睡帽，

轻而易举地征服了世界。

接下来，爸的歌声越发低沉了，越来越低，比老牛蛙的声音还要低沉。

啊，我是一个吉普赛的国王！

大家都被这滑稽的歌逗笑了，罗兰更是笑得前仰后合，拍手大叫："哦，再唱一次！爸！我还要听！"刚说完，她突然安静了下来，因为她意识到小孩子不能这样无礼地大叫。

爸又开始演奏起小提琴，大家起来跳舞。爱德华先生用胳膊一撑就坐了起来。看大家跳舞，他也一跃而起跳了起来。月光下，他步伐轻快自如，就像活蹦乱跳的杰克。爸一边拉琴，一边用脚在地上打着拍子，玛丽和罗兰一起拍手，脚也在轻轻打着拍子。

"你真是我见过的最棒的小提琴手！"爱德华先生大声赞美爸。他一刻不停地跳着，爸也一直拉着琴。爸演奏了《值钱的麝香鹿》《阿肯色州的旅行者》《爱尔兰的洗衣妇》和《魔鬼之笛》。

这欢快的音乐让小卡琳听得睡意全无，她坐在妈的膝盖上，睁着大大的眼睛望着爱德华先生，咯咯地笑着，小手拍个不停。

篝火在风中闪烁跳跃，就连火堆周围的影子也跟着跳起了舞，只有新房子纹丝不动地立在黑暗中。

不知不觉，一轮圆月已经高高挂起，皎洁的月光洒在灰色的墙面和四周黄色的木屑上。爱德华先生再次起身告别，这儿离河对岸还有一段距离呢。他带上猎枪，跟罗兰、玛丽和妈一一道了晚安。他说自己很久以来都过着寂寞的单身汉的日子，今天这种久违的家庭氛围让他觉得非常温暖和开心。

爱德华先生说："查尔斯！音乐不要停，用琴声送我一程！"然后就往小河那边走远了。爸继续拉着琴，爱德华、罗兰和爸也一直在大声地唱着：

丹塔克爷爷是个好老头，

他用煎锅洗脸，

用马车轮子梳头，

却被一颗蛀牙要了命！

快给丹塔克爷爷让路！

不然晚餐就被人吃光了，

但回来得太晚了，

餐桌上已经被吃得盘干碗净，

餐具都清洗干净了，

除了一块南瓜饼，什么都没有了！

丹塔克爷爷往镇上赶，

骑着骡子，牵着狗……

爸粗犷浑厚的歌声夹杂着罗兰稚嫩的声音在苍茫的草原上回荡，隐约间，还能听到爱德华先生的歌声：

快给丹塔克爷爷让路！

不然晚餐就被人吃光了！

当爸停止拉琴时，他们已经听不到爱德华先生的歌声了，只听见草丛在微风吹拂下窃窃私语。一轮满月格外明亮，闪闪星光都显得黯然失色了。整个草原宁静甜美。

河边树林里的夜莺唱起了婉转悠扬的歌，大地上所有的生灵都在专注地倾听着夜莺柔美的歌声。清爽的风把歌声带到草原的每一个角落。天空就像一只发光的杯子，罩在漆黑宽阔的大地上。

歌声结束了。大家都不愿移动，也没有人说话。罗兰和玛丽一言不发，爸和妈也坐着没有动弹，只有风吹动着草发出了沙沙声。爸拿起了琴，轻轻地拨动着琴弦，一连串清脆的音符仿佛是颗颗晶莹的露珠落到银器上一般，轻快地洒落在这寂静的夜色里。

爸停顿了片刻，然后就拉起了夜莺刚才唱的歌。紧接着，夜莺和着爸的琴声引吭高歌。尽管后来爸停止了拉琴，夜莺还在唱着。就这样，在这美妙的月夜，夜莺和琴声彼此互诉衷曲。

第六章
搬进新房

早上起来，爸对妈说："墙都建好了，虽然还没有地板和天花板，但我们可以搬进去了。我还得尽快给皮特和帕蒂把马厩盖好，昨晚我听到狼在嗥叫，听声音离这里不远。"

"你有枪啊，查尔斯，所以我们不用怕。"妈说。

"没错，我们还有杰克呢。"爸说，"但如果你和孩子们住在屋子里，我的心里会更踏实。"

"我们到现在还没见过印第安人呢，这是怎么回事？"妈问。

"这我也不知道。"爸满不在乎地说，"我在山崖那边看到过他们部落的营地，或许他们总是在外边打猎吧。"

接着，妈喊道："孩子们！太阳出来了！"玛丽和罗兰闻声赶忙起床穿好衣服。

"赶紧吃饭。"妈说着，把兔肉给大家分放在餐盘里，"今天我们要把东西都搬进新房子了，一会儿得先把地上的木屑打扫干净。"

玛丽和罗兰匆匆吃完早饭，就开始帮妈清理木屑。她们用裙子兜满木屑，再把木屑倒在火堆边上。接着，妈拿柳树枝扫帚扫了一遍地，还是扫出了不少木屑。

妈的脚已经开始康复，但走路还是一瘸一拐的。不过她很快就扫完了整个地面，她们又开始忙着把帐篷里的东西往小屋里搬。

爸站在墙上，把罩马车篷的帆布盖在屋顶架上。这时突然起风了，把帆布吹得呼呼作响，爸的胡子、头发在风中胡乱飞舞，仿佛一不留神就要被吹走了。他紧紧抓着帆布，努力地和狂风搏斗着。有一会儿，狂风吹得特别猛烈，罗兰觉得爸快坚持不住了，帆布眼看就要被风吹跑了。但爸依然用脚紧紧夹着墙上的木头，双手牢牢抓着帆布，最后终于把帆布固定好了。

"好了！"爸冲着帆布喊着，"你老老实实待着吧，你这个混……"

"查尔斯！"妈朝爸喊。她站在下面用责备的眼神看着爸，怀里抱着一堆衣服。

"你要听话哦！"爸继续对帆布说道，"卡洛琳，怎么了？你以为我要说什么？"

"啊，查尔斯！"妈笑着说，"你这调皮鬼！"

爸把木头凸出来的地方当梯子，沿墙角爬了下来。爸用手想把头发抚平，谁知头发反而越发直立了，妈忍不住大笑起来。爸一把把妈搂进怀里。

大家一起看着这房子，爸问："这房子看起来够舒服吗？"

"嗯，我一直盼着能搬进来住呢。"妈说道。

房子的门和窗还没装好。地板也没铺，还是原来的泥土地。只有帆布篷，而没有屋顶。但小木屋的地基和墙壁非常坚固，他们再也不用每天到处奔波了。

"我们在这里会生活得非常幸福的，卡洛琳。"爸说道，"你看这片土地多肥沃啊！我们的日子一定会越来越好的！我愿意余生都在这里度过。"

"如果越来越多的人搬过来住呢？"妈问道。

"无论以后有多少人在这里安家落户，我都不会感觉拥挤。你看那天空！"

罗兰明白爸的意思。她也非常喜欢这个地方——空旷的天空，徐徐而来的清风，还有无边无际的草原。所有的一切都是那么新鲜、开阔、壮观，令人沉醉其间。

到了该吃午饭的时间，房子已经收拾得井井有条了。铺盖铺在地面上当作临时的床，马车上的车座和两个木墩子已经搬进屋子里了，就是大家的座位，箱子和包袱都整整齐齐地靠着墙，爸的猎枪挂在门口的枪架上，这就是简单布置之后的新家了。柔和的光线透过帆布顶照射下来，清凉的风悄悄地从窗户口吹了进来。阳光让四壁的每一条缝隙都闪烁着金光。

只剩下篝火还留在原处。爸打算尽快在屋里搭一个壁炉。他说要赶在冬天到来之前劈些木板，用来铺地、制作床铺和桌椅板凳这些东西。不过，在做这些工作前，他要先帮爱德华先生把房子盖好，还得给皮特和帕蒂搭好马厩。

"等你忙完，查尔斯，"妈说，"给我做个晾衣服的架子吧。"

爸笑着说："会的，然后我还会挖一口井呢。"

爸吃完饭就赶着马车到河边拉了一大桶水回来，让妈清洗东西。"你可以去河边洗衣服，卡洛琳。"爸说道，"就像印第安妇女那样。"

"你要是那么喜欢印第安人的生活，就应该学学他们，在屋顶开一个烟囱让我们可以在屋里生火，那才像个印第安人的样子呢。"妈笑着说。

妈整个下午都在洗衣服，然后摊在高高的野草上晾着。

吃完晚饭，一家人围坐在火堆旁聊天。从今晚开始，他们再也不用在火堆旁睡了。爸和妈聊起了威斯康星州的亲戚朋友们，妈说想给他们寄一封信，但这儿离邮局四十英里远，要等爸去镇上时才能把信邮出去。

以前的大森林离他们已经非常遥远了，爷爷、奶奶、叔叔、婶婶，还有堂兄妹们都不知道罗兰一家现在身在何处，而坐在篝火旁的他们也不知道大森林里面都发生了什么。

"太晚了，该睡了。"妈说道。小卡琳早睡着了，妈把她抱进屋，脱掉了她的外衣。玛丽和罗兰也相互解开了衣服的扣子。爸拿了一条毯子挂在门口，这可比没有遮挡强多了。接着，爸又到屋外去把皮特和帕蒂牵到房子旁的木桩上拴好。

一会儿，爸在门口轻轻地召唤妈："卡洛琳，快出来看啊，今晚的月亮多美啊！"

玛丽和罗兰躺在新房子的地铺上，透过东面没装窗子的方洞望着天空。一轮明月在窗口处闪烁着光芒。罗兰坐了起来，望着那轮明月缓缓地在夜空中升得越来越高。

银色的月光透过墙上的缝隙照射进来，屋子里洒满了银辉。月光穿过窗户的方洞，在地上投下一块方形的柔光，整个屋子都被月光照亮了。罗兰看见妈掀起挂在门口的毯子走了进来，赶紧躺在床上装睡，以免被妈看见。

罗兰听到皮特和帕蒂正在对着爸轻轻嘶叫，接着又听到了马蹄声和爸的歌声：

> 皎洁的月亮啊，你升上了天空！
> 你的光辉照亮了整片天空……

爸的歌声与黑夜、月光还有寂静的草原融为一体。他走到小屋门口，愉快的歌声还在继续：

在那淡淡的银光之下……

妈轻声说："嘘！查尔斯，别把孩子们吵醒了。"

爸停止歌唱，轻手轻脚地走进了小屋。杰克跟在爸身后，走到门口，趴了下来。现在，一家人都睡在新房子里了，又舒服又安全。罗兰迷迷糊糊听到远处传来了狼的嗥叫声，不过，她现在已经不害怕了，所以很快就睡着了。

第七章

狼　群

爸和爱德华先生只花了一天的时间就给皮特和帕蒂搭好了马厩。他们接着又给小屋装屋顶，一直干到很晚。妈做好晚餐后等了他们很久。

马厩没有安装门板，爸用两根粗木桩立在门洞前空地的两侧。然后他把皮特和帕蒂赶到马厩里，再把一些劈好的短木板叠放在墙壁和木桩的缝隙间，因为有两个木桩挡着，这些木块就形成了一道坚固的墙。

"这下就行了！"爸说，"让狼尽情嗥叫吧！今晚我就可以睡个踏实觉了。"

第二天清早，当爸把木桩后面的木块搬开后，罗兰吃了一惊。一匹长腿、长耳朵的小马驹正站在皮特身旁，还一直在颤抖着呢。罗兰激动地跑进马厩。谁知平时一向温顺的皮特突然竖起耳朵，扭头向她龇牙咧嘴。

"罗兰！快回来！"爸叫住罗兰。然后他又安抚皮特："好了，皮特，放心，没有人会伤害你的孩子的！"皮特仿佛听懂了爸的话，轻轻地叫了一声，又垂下了头。它允许爸抚摸它的小宝宝，可罗兰若想靠近，它会马上向她发出警告。即便是她通过马厩墙壁的缝隙偷偷看上一眼，它也会怒冲冲地瞪着她，龇着牙向她示威。

她们还从没见过一匹耳朵长这么长的小马驹呢，爸告诉她们皮特生的是一匹小骡子。罗兰觉得它长得更像一只大兔子，所以她给它起名叫"邦尼"，就是兔宝宝的意思。

当皮特被套在马桩上时，邦尼会跟在它身边跳来跳去的，马厩外的世界对它来说是那么新奇。那时，玛丽和罗兰就得格外小心地看管小卡琳了，因为除了爸，任何人都不能靠近邦尼，否则皮特就会愤怒地咆哮，甚至还会咬人。

星期天，爸吃完午餐骑上帕蒂穿过草原，想到更远的地方看看。因为家里还有许多肉，所以爸就没有带上枪。

爸骑着马沿着沿着河边的峭壁边缘走着。小鸟在他面前飞来飞去，在空中绕了几个圈又忽地飞到草丛中不见了。爸一边骑着马，一边不停地巡视着大河远处。或许他是注意到了在河边吃草的小鹿。帕蒂突然开始急速飞奔，爸和帕蒂很快没了踪影，渐渐地只能看见随风起伏的草浪。

夕阳落下，可爸还没有回来。妈拨了拨火堆里的木柴，又添了新的柴火，准备煮饭。玛丽在屋里照看小卡琳。这时罗兰问："妈，你看杰克这是怎么了？"

杰克好像预感到要发生什么事，皱着鼻子在风中嗅个不停，颈上的毛全都竖了起来。突然，皮特用蹄子使劲地敲打着地面，围着木桩跑来跑去，然后又一动不动地站在那儿，发出低低的嘶鸣。邦尼走过去紧紧贴着它。

"杰克！怎么啦？"妈俯下身问着。杰克抬起头望着妈，但什么也说不出来。妈环顾四周，没发现丝毫异样。

"罗兰，我觉得没什么事儿！"妈说着，用手上的木棍拨了一下咖啡壶下面的柴火，又在烤箱下面添了些新柴。铁锅里的松鸡肉煎得嘶嘶作响，咖啡和玉米面包也散发着香味。妈一边做晚餐，一边环顾着四周的动静。杰克还是不停地走来走去，皮特也不吃草，一直盯着西北方向，那正是爸离开的方向，小骡驹也一直紧靠在它身边。

突然，帕蒂从对面的大草原上疾驰而来。它四蹄腾空，疯狂地往回奔，爸紧紧抱着帕蒂的脖子，上身几乎都伏在它背上了。

帕蒂一直冲过了马厩，这时爸用尽全力才把它拉住，差一点儿就连人带马一起翻了过去。它全身不停颤抖着，口吐泡沫，黑色的鬃毛里全是汗水。爸从马上跳下来，也是一样的气喘吁吁。

"查尔斯，出了什么事？"妈问。

爸朝回来的地方望去，深深地吸了一口气："我怕狼群会跟到这里呢，但现在没事了。"

"狼群！"妈叫道，"什么狼群啊？"

"现在没事了，卡洛琳。"爸说，"你先让我喘口气啊！"

爸坐了好一会儿，才说："我没法控制帕蒂，只能紧紧地勒住它。卡洛琳，我们遇到了一大群狼，至少有五十只，那群狼的个头都特别大，我长这么大从没看见过那么大的野狼，我再也不愿经历这样的事了，哪怕给我一笔巨款，我也不愿意。"

这时候，一片阴影落在草原上，太阳眼看就要落山了。"等会儿再细讲吧。"爸说。

"今天我们在屋子里吃吧。"妈说。

"那倒不用。"爸说，"要是野狼来了，杰克会发现的。"

爸把皮特和邦尼从马桩上解了下来，但没像往常那样把它们牵到河边饮水，而是把水桶里的水舀给它们喝，那桶水原本是明天洗衣服用的。接着，爸用毛巾沾着清水给帕蒂擦拭身上的汗水，然后把它和皮特、邦尼一起关进了马厩。

晚饭准备好了。燃烧的火堆在黑暗中形成了一道光圈。玛丽和罗兰抱着小卡琳坐在火堆旁。罗兰情不自禁地朝身后看，总感觉在暗处有某些东西在动。杰克蹲在罗兰的身旁，一直警惕地竖着耳朵，仔细倾听着黑暗中的动静，每过一会儿就走进黑暗的地方，然后再回到罗兰身旁。它颈上的毛现在很服帖，也不再像刚才那样咆哮了。它的牙龇着，因为牛头犬就是这个样子。

玛丽和罗兰一边吃着玉米面包和松鸡肉，一边听着爸讲述刚才遇到狼群的经历。

爸告诉妈，他发现了一些新邻居，已经陆续有定居者进入这里，他们大多在河两岸住了下来。在那边大草原的一个山谷里，大约离这儿不到六英里的地方，有一对夫妇在修房子，他们就是斯科特夫妇，爸说他们人很好。再继续朝西北方走六英里，还有一间屋子，里面住着两个单身汉。他们各自有一块田地，房子就建在两块地的分界线上。房子只有八英尺宽，两个人的床都靠着墙壁，也就是各自在自己的土地上居住。他们在屋子中间一起做饭，一起吃饭。

爸还没有提到狼，罗兰有些等不及了，她真想提醒爸一下，可是她知道大人讲话时小孩插嘴是不礼貌的。

爸说那两个单身汉从来没想过这边还住着其他白人，他们一直认为，这里除了他们之外就只有印第安人居住。所以他们见到爸非常激动，爸就在那儿多待了一会儿。

然后爸继续往前走，来到了草原上一个高一些的地方。他发现小河边上有一个小白点，猜测那可能是一辆白色的有篷的马车，结果正如爸所料的那样。他走近一看，原来是一对夫妇和五个孩子。他们从爱荷华州来到这里，因为拉车的马生病了，所以他们只好临时扎营。现在那匹马差不多好了，可一家人却患上了疟疾，还高烧不退。夫妇俩和他们的三个大些的孩子都开始发烧，已经无法站立起来了。小男孩和小女孩还没有罗兰和玛丽大，却必须得照顾这几个病人。

爸为他们做了一些力所能及的事情，然后又返回了两个单身汉的家，把一家人的事情告诉了他们。两个人听说这件事后立即骑着马去把他们带到了草原较高的地区。草原上空气新鲜，他们的身体很快就会康复。

接二连三的事情让爸延误了回家的时间，他决定抄近道回家。当他骑着帕蒂往前赶路时，一群狼突然冒了出来，把他和马团团围住了。

"那么大的狼群！"爸说道，"少说也得有五十只，我这辈子都没有见过个头那么大的狼，它们肯定就是传说中的猎牛狼！领头的那只几乎有三英尺①那么高。当时我吓得头发都竖了起来。"

"你还没带枪。"妈接着说。

"我也想到了这一点。可当时那个情况即便有枪，也没什么用，子弹根本不够对付那么多狼，况且帕蒂又跑不过它们。"

"那你怎么做的？"妈问道。

"其实我什么也没做。"爸说，"帕蒂一直挣扎着想要逃跑，可是我知道只要帕蒂一开始跑，狼群肯定会扑上来的。所以我使劲勒住缰绳，不让帕蒂跑。"

"天啊，查尔斯！"妈屏住了呼吸。

"真是一场噩梦！即便给我再多的钱，我也绝不想再有这样的遭遇了。卡洛琳，真是吓人啊！世界上竟然还有那么大个儿的野

————————
① 1英尺=0.3048米。

狼！尤其是为首的那只大狼就一直跟在帕蒂边上，我几乎可以踢到它的肋骨。不过它们好像对我不感兴趣，我猜它们一定是刚吃过猎物，肚子还很饱。"

"就这样，狼群把我和帕蒂围在中间，跟我们保持一个速度往前走。它们一直跟着我们走，一路上还打闹着，互相咬来咬去，要是你从远处看的话，没准儿还以为是一群狗在跟着我们散步呢。"

"天啊，查尔斯！"妈惊叫道。罗兰的心扑通扑通地猛跳，她睁大了眼睛，手心都开始冒汗了。

"帕蒂一直在不停地颤抖，害怕极了，背上不断地冒着冷汗，我也吓得出了一身冷汗。但我还是拼命勒住它，控制着不让它跑，我们就这样一直在一大群狼中间缓缓前行，估计得走了四分之一英里或者更远。"

"然后，我们就来到了一处泉水的源头，泉水从那里流向小河。那只领头的大狼先走了下去，其余的狼都跟着走了下去，当最后一只狼从我们身边消失时，帕蒂就没命地奔跑起来。"

"它像发疯一样，一路狂奔往家跑，平时就是我用鞭子抽它，估计也跑不了这么快。一路上我都在担心狼群会赶在我们前面朝这条路追过来。卡洛琳，幸好我把枪留给了你，而且提前把房子盖好了。我知道你可以用枪保护孩子们，不过皮特和那匹小骡驹就难说了。"

"查尔斯，你不必担心，"妈说，"万一遇到狼群，我一定有办法保证马的安全。"

"我那时已经是头昏脑涨的了。"爸说，"卡洛琳，我知道你会保护那些马。要是当时它们饿着肚子的话，我就回不来了……"

"查尔斯，别说了。"妈说道。她的意思是怕吓着玛丽和罗兰。

"好了，逃过了一劫。"爸说，"那群野狼离我们很远呢。"

"它们为什么没有追你呢？"罗兰问。

"我也不清楚啊，罗兰。"爸回答，"它们可能不饿，只是渴了吧。也许它们只是单纯地到草原上来玩，没想吃东西。或者它们是看我没带枪，放下了戒心；又或者，它们之前根本没见过人类，不知道人类会伤害它们，所以根本就没想攻击我。"

皮特和帕蒂在马厩里一直不停地走来走去，杰克也围着火堆转圈。突然，它站住了，竖起耳朵一动不动地听着周围的动静，鼻子不停地嗅着空气里的味道，脖子上的毛都竖了起来。

"孩子们，睡觉的时间到了！"妈高兴地喊道。可是这时没人睡得着，连小卡琳都还没有睡意呢，但妈还是把她们都带回了小屋。她一边给小卡琳换上睡袍，一边督促玛丽和罗兰赶紧换好衣服上床。然后，她把卡琳放在大床上，自己出去洗碗。罗兰希望爸妈都待在屋子里，尽管能听到他们就在门外，但感觉却离得很远。

玛丽和罗兰乖乖地躺在床上，但小卡琳却爬起来独自玩上了。爸从门口的挂毯后面悄悄地取走了猎枪。门外火堆旁传来铁盘子的碰撞声，还有用刀刮着铁锅的声音。爸和妈在低声说着什么，罗兰闻到了一股烟草味。

木屋是安全的，但爸的枪没挂在门口，而且门口的遮挡也仅仅是一张毯子，还是让人有些害怕。

过了好长时间，妈掀开毯子走进来，小卡琳已经睡着了。爸和妈轻轻地上了床。杰克趴在门口，但它的下巴没有放在前爪上，而是一直抬着头，竖着耳朵。妈很快睡着了，呼吸声很轻柔，接着爸也发出低沉的鼾声，玛丽也早就睡着了。黑暗中，只剩下罗兰还睁着眼睛，她盯着杰克，想看清它颈上的毛是不是还竖着。

突然，罗兰猛地坐了起来，她刚刚睡了一会儿。月光通过窗口和墙上的缝隙照进来，小屋比刚才亮了许多。爸站在窗边月光的阴影里，手里拿着枪，他的影子在月光里游走着。

罗兰听到了一声狼嗥。她马上跳起来离开了墙壁，因为狼就在墙的那一边。她吓得面色苍白，全身不停地哆嗦。玛丽用被子死死捂住了头。杰克对着挂着毯子的门洞龇牙咧嘴，拼命吼叫着。

"杰克，安静！"爸喊了一句。

恐怖的狼嗥包围了他们的小屋。罗兰从床上爬起来，想要到爸身边去，但她知道现在不能打扰他。爸转过头，看到罗兰穿着睡衣站着。

"想要看看狼吗，罗兰？"爸压低了声音问。罗兰吓得发不出声音，只是点了点头，她光着脚丫跑到爸身旁。爸把手里的枪靠墙放好，然后把罗兰抱到了窗口。

在月光下，蹲着半圈狼。它们瞪着罗兰，罗兰也瞪着它们。她从未见过这么大的狼，最大的那只比她高出许多，甚至比玛丽还高。它蹲在狼群的中间，正对着罗兰。它的身体非常庞大，头顶上有一双尖尖的耳朵，伸着舌头的尖嘴巴很大，肩膀和两只前腿都非常健壮，长尾巴高高地卷曲着。它有着灰色的、蓬松的毛发，眼睛直放绿光。

罗兰的手指插进墙壁上的木头中间，两条手臂交叉放在窗台上，瞪大眼睛盯着野狼。不过她不敢把脑袋探出窗外，因为那些狼离她太近了。它们的前爪在地面上蹭来蹭去，伸出舌头舔着嘴。爸用强壮的胳膊紧紧地抱着罗兰。

"它好大哟！"罗兰低声说。

"是啊，你看它的毛多亮。"爸伏在她耳旁说道。月光洒在那只领头狼身上，它身上的毛微微泛光。

"整个屋子被它们包围了。"爸轻声说。罗兰跟着爸跑到西边的窗口，爸又抱起了罗兰。的确，那半边也围满了狼。在小屋的阴影中，它们的眼中都闪着绿光，她甚至还听到了它们的喘息声。当它们发现爸和罗兰正盯着它们时，竟然警觉地向后退了一下。

皮特和帕蒂在马厩里不安地叫着，它们的蹄子重重地落在地面上，踢在周围的墙壁上。爸看了一会儿又悄悄回到了刚才那扇窗前，罗兰紧紧地跟着他。这时，那只头狼仰起头，冲着天空发出了一声尖锐的嗥叫。紧接着，屋外所有的狼都像它一样仰起头对着天空发出了长长的嗥叫。那令人毛骨悚然的声音响彻草原，渗进了茫茫夜色里，整座屋子似乎都在震颤。

"罗兰，你该去睡觉了。"爸说，"我和杰克会保护你们的。"

罗兰乖乖地上了床，但她怎么也睡不着。她听到了木墙外狼

群的呼吸声，它们用爪子刨地的声音，以及它们用鼻子在木屋的缝隙处嗅来嗅去的声音。过了一会儿，领头狼又发出一声嗥叫，群狼也再次跟着呼应。

爸一直在两个窗口间来回走动查看，杰克也一刻不停地在门洞帘子里边走来走去。罗兰知道，只要有爸和杰克在，狼就无法闯进来。罗兰想到这儿，不知不觉就睡着了。

第八章
两扇坚固的门

第二天清晨，明媚的阳光洒满了小屋，把罗兰的小脸照得暖洋洋的，她睁开了眼睛。玛丽正在火堆旁边和妈说话。罗兰穿着睡衣就跑到外边看，狼群已经没了踪影，不过在房子和马厩周围能看见它们留下的爪印。

爸从通向大河的那条路上吹着口哨走了回来。他把枪挂在墙上，便像往常一样带着皮特和帕蒂到河边去饮水。爸说他跟踪了狼群很久，它们已经跑到很远的地方追赶鹿群去了。两匹马看到地面上狼群的足迹，警惕地竖着两只耳朵，皮特让小骡驹紧紧地挨着它。它们顺从地跟着爸去了河边，似乎也知道有爸在就没什么可担心的。

爸从河边回来时，早餐刚刚做好，一家人坐在火堆旁吃着煎玉米和松鸡肉丁。爸说今天要做一扇门装上，他不希望下一次狼群进犯时，屋子内外还是只隔着一条毯子。

"要是有些铁钉子就好了，但是已经来不及去独立镇买了。"爸说道，"不过，这难不倒我，能干的人不用铁钉子也能做好门！"

爸吃完饭就套上皮特和帕蒂，带着斧头去砍木材了。罗兰帮妈洗碗、铺床，玛丽则负责照顾小卡琳。那天罗兰帮爸做门，给爸递工具，玛丽在旁边看着。

爸用锯子把木头锯成合适的长度，又锯了些较短的横木条。他用斧头把木条劈成薄木板，再把表面刨平。接着，爸把长木板搁在地上，横木板架在上面，在两块木板重叠的地方用螺旋钻钻上孔，在每个孔里都打进一根木钉，使长短木板牢固地连在一起。这样，门就做成了，是一扇非常结实牢固的橡木门。

爸剪了三条皮带做铰链，分别固定在门的顶端、中间和底部。他是这样干的：先把薄木片放在门上相应的位置，在木片上钻一个孔，直到钻通门板；接着把皮带的一端对折，再把薄木片夹在里面，对着木片带孔的地方用刀子在皮带上也穿个孔；然后，他把夹着木片的皮带放到门板上，使皮带上的孔和木板上的孔对齐；最后，他接过罗兰递来的木钉和铁锤，把木钉钉进孔里。这样木钉穿过木片和皮带被钉到了门板上，皮带就被牢牢固定，不会松脱了。

"看到了吧，能干的人根本不需要铁钉子！"爸兴奋地说。

当爸把三个铰链都固定在门板上以后，他把门板竖起来放进了门洞里，大小刚刚好。接下来，爸在门洞两侧的木头上装上细长的木条，这样门板就不会向外打开了。然后爸再次把门板立到门框处，罗兰用手紧紧按着门板，爸把铰链固定在木框上面。

在此之前，爸在门上做了个门闩，要是没做好这个，就没办法把门严密地关起来。门闩是这样做的：爸先用橡木做了根短粗的木棍，在木棍的中间凿出一道宽而深的凹槽，再用木钉把木棍竖着钉在门板内侧的边缘上，让有凹槽的一面扣在门板上。这样，凹下去的一面就在门侧面形成了一道狭长的缝隙。

接着，他劈了一根细长的木棍，正好可以插进刚钉上的粗木棍和门板之间。他把这根木棍的一端插入凹槽，另一端则钉在了门板上。

但爸并没有把木棍钉牢。因为木钉虽然钉得很结实，但是木棍上的孔比木钉大，这样一来没有钉木钉的另一端就在门板上来回摆动着，而刚才的粗木棍和门板之间的凹槽就起到了一个支撑的作用，把木棍固定在门板上了。

这根细一些的木棍就是门闩。它可以绕着被木钉固定的一端轻松地转动，没被固定的一端就可以在狭槽中上下移动，而且这一端也比较长，可以穿过狭槽，再横在门与墙之间的缝隙里，在门关上的时候末端口正好可以抵住墙壁。

爸和罗兰把门板装完以后，还在门闩碰着墙的地方做了记号。在那个记号处，爸钉上了一小块橡木。这块橡木上半部分的内侧已被切掉，形成了一个豁口。这样门闩就正好卡在了豁口和墙壁之间。

罗兰试着推开门，这时门闩活动的一端被推到最高处，再关上门的时候，它就会刚好落到木块后面。在墙壁处，门闩是由木块控制的，而在门板上，它就由那根竖着的木棍控制了。这样一来谁也进不了这屋子了，除非把门闩劈成两半。

现在还得想办法让外边的人能打开门闩进屋来。于是，爸又做了门闩拉绳。他从一条非常结实的长皮带上剪了一段，将皮条的一端系在门闩上，位于木钉与凹槽之间，接着在门闩上钻了个小孔，将门闩拉绳的末端穿入了这个洞。

罗兰站在门外，看到门闩拉绳的末端伸出洞口后，便用手抓住了它。她用力一拉，就可以把门闩抬起来，把门打开。

终于把门安装好了，橡木的大门厚重而坚固，还用了结实的木钉，门闩绳就挂在外面。如果想从外面进屋，只要拉一下绳子就可以了。如果防止外人进来，只需通过门上的孔，把绳子扯进屋子里，这样就谁也进不来了。门上没有把手、门锁和钥匙，但却十分安全。

"看看，我们今天的成绩不错啊！"爸说着，摸了摸罗兰的头，"你可真是我的得力助手啊！"

然后，爸收拾好工具，吹着口哨，从马桩上解开皮特、帕蒂和邦尼，牵着它们去河边饮水了。夕阳西下，天气已经转凉，火堆上的饭锅发出了诱人的香气。

这顿饭她们吃掉了最后一块咸肉，所以明天爸又要出去打猎了。

又过了一天，爸和罗兰一起给马厩也做了一道门。那道门和小屋的门差不多，只是少了门闩。皮特和帕蒂根本就用不着门闩，晚上它们也不会用门闩把门锁起来。所以爸只是在门上钻了一个洞，从中间穿了一条链子把门锁紧。

到了晚上，爸会把链子的一头穿到木墙的缝隙里，然后把链条的两端系起来，这样就没人能进入马厩了。

"这下子可以放心睡觉啦！"爸高兴地说。尽管是在人烟稀少的地方居住，但晚上也最好把马厩锁上。因为有鹿群的地方就会有狼群，有马的地方就会有偷马贼。

吃晚饭时，爸对妈说："卡洛琳，等我帮爱德华先生盖好房子，就马上给你搭壁炉，这样就可以在屋里做饭了。这些天的天气都不错，但也说不好哪天就会下雨。"

"好的，查尔斯。"妈说，"这地方的天气不可能永远是好的啊！"

第九章
屋子里的壁炉

在房子外面，正对大门的木头墙边，爸锄掉地面上的杂草，又把泥土压得平平整整——这里就是壁炉的位置。

接着，爸和妈把马车的车板放在车轮上，将皮特和帕蒂套在马车上。

这时，太阳缓缓升到了天空，地面上的影子逐渐变短。成群的云雀从洼地里飞起，在空中高歌着。它们的歌声从浩瀚晴朗的天空传来，就像下着一场音乐雨。在广袤的草原上，野草在风中轻轻舞动着，数千只迪克鸟儿用它们灵巧的小爪子站在繁茂的野草上，轻快地唱着歌。

凉爽的风扑面而来，皮特和帕蒂发出兴奋的嘶叫，蹄子在地上刨着，迫不及待地想跑出去。爸吹着口哨，一下跳到了马车座上，把缰绳抓在手里。罗兰站在马车下看着爸，他也低头看看她，亲切地问："想要一起去吗，罗兰？你和玛丽？"

得到妈的同意后，两个小姑娘光着脚丫吃力地爬上马车，挨着爸坐下。皮特和帕蒂迈着轻盈的步伐，开始上路了。马车沿着先前车轮轧出的小道一路颠簸向前。

小路通往低处，两旁是光秃秃的红土崖。他们继续前行，穿过了河边平地。这儿有连绵起伏的小山丘，有些被绿树覆盖，有些则是一片开阔地，上面长满了青草。他们看到了很多鹿，有些鹿在草丛的阴影处乘凉，有些鹿在阳光下吃着草。它们听到马车的声音，全都抬起头，警觉地竖起耳朵，用一双美丽的大眼睛注视着马车。

一路上到处都是盛开的飞燕草。花朵有粉色的、蓝色的和白色的。鸟儿们站在麒麟草的枝丫上，花丛中的蝴蝶在翩翩起舞。小松鼠在林间的树丛里上蹿下跳，雪白的短尾巴兔子在草丛中蹦蹦跳跳嬉闹着，草丛间的蛇一听到马车的声响就急忙掉头溜走了。

在山谷深处，河水在泥土堆积的山崖间奔流着。当罗兰抬头往上看那些峭壁时，怎么也看不到大草原那样的野草了。悬崖上有些地方坍塌下来，偶尔有一两棵树木，可能是因为在陡峭的红土崖壁上，树木根本无法生长，只有低矮的灌木在那儿扎根。就连泥土间裸露的根系，也都生长在离罗兰头顶很高的地方。

"印第安人是不是就在这附近了？"罗兰问爸。她记得爸说过，他曾在悬崖边见过印第安人的营地。不过爸现在要忙着找到足够多的石头用来修壁炉，所以没空带她们过去。

"孩子们，你们就自己玩吧。"爸说，"别跑远了，不许下水，看到蛇要躲远点儿，有些蛇是有毒的！"

说完，爸就去找石块，遇上合适的，就把它搬到马车上去。玛丽和罗兰就在小河边玩耍。

她们看见细长腿的水虫子在平静的水面上滑来滑去。她们沿着河边奔跑着，那些绿皮白肚的青蛙听到响动吓得一猛子扎到了水底下，把她俩逗得哈哈大笑。她们聆听着森林里鸽子咕咕的叫声，还有灰褐色的小鸟的歌声。小河在阳光下泛着点点银光，成群的米

诺鱼在水中游来游去，银白色的腹部一闪一闪的。

河边没有一丝风，空气沉闷，让人也有些昏昏欲睡了。四处散发着灌木潮湿的味道和泥土的芳香，耳边尽是树叶的沙沙声和潺潺的流水声。

在潮湿的泥地上，有密密麻麻的鹿蹄印，每一个蹄印里都有积水，成群的蚊虫在水面上盘旋，发出嗡嗡声。玛丽和罗兰驱赶着围绕在她们脸旁、手脚和脖子边的蚊子，她们真想到河里去蹚一蹚水啊。天气这么闷热，水看起来非常凉快。罗兰觉得只把一只脚浸进水里是不会有什么危险的。她刚要这样做，爸转过头来了。

"罗兰！"爸大喊一声。她连忙把那只淘气的脚收了回来。

"如果你们想蹚水，"爸说，"只能在水浅的地方玩，绝对不可以到能淹过你们脚踝的地方去。"

玛丽在浅滩上踩了一会儿水就上岸了。她说水里的石头有些硌脚，于是就坐到一根木头上耐心地拍打身边的蚊子。可罗兰却一边打蚊子，一边蹚水。罗兰在水里站着不动的时候，小鱼就会纷纷围在她的脚边，用小小的嘴巴去咬她的脚趾，把她弄得痒痒的，很舒服。好几次她想把小鱼抓到手里，但最后都是两手空空，还把裙子给弄湿了。

"姑娘们，该回家了！"爸站在装满石头的马车上喊道。玛丽和罗兰赶紧爬上马车。马车穿过了树林和小山丘，经过了悬崖，最后到达了草原。虽然刚才在河边玩得非常开心，不过罗兰还是更喜欢大草原，因为草原是如此宽广辽阔，青草的气息也是那么甜蜜怡人。

那天下午，妈在屋子的阴凉处缝缝补补，而小卡琳则在妈旁边的棉被上爬来爬去。罗兰和玛丽便在那里看爸搭壁炉。

爸在大水桶里面和泥，让罗兰把泥搅匀。接着，爸在清理出来的空地上用石头砌成三面矮墙，再用木板把稀泥涂抹在石头上。然后，他在稀泥里垒上一层石头并在石块的上部、里面和外面抹了更多的泥巴。这样爸就在地面上垒成了一个格子，格子的三面是用石头和泥巴做成的，另一面是木头墙壁。爸用石头和泥把砌成差不多到罗兰的下巴那么高的墙，又在那面墙上搭了一根木头，并在木头上涂满了泥。之后，爸把石块放在木头上，一层一层地砌上去，每层中间都涂上泥。他这是在做烟囱，所以上面这截就比下面的灶台处细了很多。

石头不够用，爸还要到河边去搬些石头回来。这次，妈没让玛丽和罗兰跟去，因为她担心河边潮湿的空气会让小孩子染上热病。于是玛丽就坐在妈身旁做针线活儿，罗兰则忙着搅拌另一桶泥浆。

第二天，烟囱已经砌到和屋子一样高的位置了。爸站在一旁看着，一边用手拢了拢他那一头蓬乱的头发。

"查尔斯！"妈说道，"你的头发怎么都竖起来了！看起来像一个流浪汉。"

"不管怎么梳，它就是竖着。"爸说，"我追求你那会儿，还试过往头上抹熊油呢，它不是一样会竖起来嘛。"

爸说着就在妈脚边的草地上躺倒了。他说："我干不动了，卡洛琳，把那么多的石块上搬上去快要累死了。"

"你已经非常了不起了，查尔斯。你竟然在这么短的时间就砌起了烟囱。"妈一边称赞，一边梳着爸的头发，可爸的头发立得更厉害了。妈笑道："我看还不如用泥巴给你把脑袋糊上呢！那样就省事多了！"

"卡洛琳，你不会真想这么干吧？"爸从地上一翻身站了起来。妈说："你再多歇会儿吧！"但爸却摇了摇头。

"还没完工之前我不能休息，卡洛琳。壁炉要是能早一天砌好，你就能早一天在屋里做饭，不必遭风吹雨淋了。"

爸又去树林中砍了些木材回来，把它们修整好后刻上凹槽，就像建房子那样把它们搭在了石头烟囱的上面。他一边往上搭，一边仔细用泥浆涂抹在上面。烟囱就这样砌好了。

爸走进木屋，用锯和斧头在靠着烟囱的墙壁底部开一个方洞。当他把那片地方的木头全都锯掉后，一个壁炉就出现在了屋子里。

壁炉很大，大得足可以让罗兰、玛丽和小卡琳都坐在里面。爸已经把炉灶下面的草都拔干净了。壁炉的底部是土地，前面是木屋墙壁上被爸锯掉木头的墙洞，而壁炉内侧的顶部则横放着那根爸涂满泥的木头。

爸在壁炉两侧木墙的切口上各钉了一块厚厚的橡木板，然后把橡木板朝上的一头固定在洞口的木头上，接着在橡木板朝下的另一头上再搭上厚厚的橡木板，用木钉把上面的橡木板和两边支撑的橡木板连接在一起固定结实了，就做成了壁炉台。

壁炉台做好后，妈把那个从大森林里带来的牧羊女瓷像放在了台中央。这个瓷像来到这里可真是不容易，幸好一路上没有打碎。它就那样安静地站在壁炉台上，身上穿着飘逸的瓷裙子，上身的紧身衣也是陶瓷制成的，就连粉红色的面颊、蓝色的眼睛以及金色的头发都是陶瓷的。

爸、妈、玛丽和罗兰都围着壁炉尽情欣赏，只有小卡琳视而不见。她用手指着瓷像哇哇大叫，于是玛丽和罗兰告诉她，除了妈，谁也不可以碰那个瓷像。

"卡洛琳，你用炉火的时候一定要小心啊。"爸说，"万一火苗蹿到烟囱上面，说不定就会把屋子点燃的，现在我们屋顶还只搭上了一块帆布，很容易就会烧起来的。"

妈小心翼翼地生起了火，开始准备晚饭。那天晚上，全家人坐在屋子里享用晚餐。爸对妈说："我得抓紧时间准备些木板，赶紧把屋顶盖好才行。这样你烧火做饭的时候就不用担心了！"

一家人围坐在靠西面窗户的桌子旁。说是餐桌，其实就是爸用两块橡木板搭成的，木板的一头卡进墙的缝隙里，另一头搭在地上的圆木墩上。妈在桌面上铺了一块桌布，看起来也非常不错。

椅子就是几个大木墩。地面上还没有铺地板，妈用柳条扫帚把地打扫得干干净净。几张床整齐地靠着墙角摆放着，床上铺着干净的床单。西落的夕阳透过窗口照进来，金灿灿的光芒洒满了地面。

窗外，在那遥远的被晚霞染成玫瑰色的天边，风正在吹，野草在微风中懒散地摇曳着。

屋里温馨又舒适。罗兰洗过了手和脸，把头发梳得整整齐齐，脖子上围了条干净的餐巾。她端端正正地坐在木墩上，按照妈教导的认真使用着叉子和餐刀进食。她安静地吃着东西，一句话也没有说，因为小孩子在吃饭时不允许讲话，除非是大人问话。罗兰抬头看看爸、妈，又看看玛丽和小卡琳，感到心满意足。他们终于又能在屋里生活了，好幸福啊！

第十章
屋顶和地板

这段日子玛丽和罗兰每天都非常忙碌。她们帮妈洗碗、铺床，然后还有大量的事情等着她们去做，但她们也听到和看到了很多新鲜事。

她们常常在高高的野草丛中寻找鸟窝。一旦她们找到了，机警的鸟妈妈总会尖叫着抗议。有时她们还会轻轻碰一下鸟窝，毛茸茸的雏鸟马上喧闹起来，张开小嘴叫个不停。鸟妈妈就更加焦急恼火了，冲着她们更大声地叫，玛丽和罗兰便会慌慌张张地逃走。

她们有时候就像老鼠一样静悄悄地趴在高高的草丛中，看着刚刚孵出来不久的小鸡围在老母鸡的棕色翅膀周围，四处跑跳着啄食。她们还看见长满条纹的蛇，它们有时在草丛中游动，有时则静静地伏在地上，就像已经死了一样。这种蛇是束带蛇，不会伤人，但玛丽和罗兰从来不敢去碰它们，因为妈说过，即使是没有毒的蛇遇到危险也是会咬人的，所以还是和它们保持距离为妙。

有时候，她们还能看见灰色的大野兔。它们一般都悄悄地躲在草丛深处，只有当你靠近时，甚至近得一伸手就可以摸到它时，才会发现它的存在。要是她俩一直不动，就能和大野兔对视很久。

它们见到玛丽和罗兰也不害怕，真是很奇怪。它们皱着小鼻子，长长的大耳朵透过阳光看上去红扑扑的，细细的血管都能看得一清二楚，耳朵背后有着短短的绒毛。它们浑身上下都长满了蓬松的绒毛，罗兰总是会情不自禁地伸出手去想抚摸一下。但只要一伸手，受到惊吓的小家伙马上就会闪电般地跑掉，只剩下一片塌陷的草坪还留有温温的余热。

当然她们还得照顾小卡琳。趁她午睡的时候，她们就去屋外晒太阳，享受清风的吹拂，这时罗兰常常会陶醉到忘掉小卡琳正在睡觉这回事。每当罗兰大喊大叫时，妈就会走到门口说："罗兰！我敢肯定，你简直就是个印第安人了！看你都要晒得和他们一样黑了！你们怎么连遮阳帽都不戴？"

这时爸正在墙上搭着屋顶，他朝下面看了看，笑着唱了起来："一个小印第安人，两个小印第安人，三个小印第安人。"然后又赶紧改唱"哦，不，只有两个"。

"加上你就三个啦，爸！"玛丽对他说，"你的皮肤也晒成了棕色。"

"可爸不是小孩！"罗兰纠正道，"爸，我们什么时候可以见到印第安小孩呢？"

"天啊！罗兰！"妈喊着，"你怎么总想看印第安人的小孩？别想这个了。赶紧把遮阳帽戴好！"

遮阳帽就挂在罗兰的背后，因为帽檐太大，会遮住她的脸，所以她总喜欢把它甩在背上。被妈说了一顿后，罗兰不情愿地戴上帽子，可她还是没有忘掉印第安小孩的事。

他们既然都已经来到印第安保留区了，为什么始终见不到印第安人呢。罗兰知道迟早会看见他们的，不过她已经等得失去耐心了。

爸从屋顶上取下了帆布，开始盖屋顶。前些天，爸去河边拉回了一车车木头，然后劈成了薄而长的木板，这些木板把小屋周围都堆满了，一些还靠着墙立着。

"卡洛琳，到外边去吧。"爸说，"我怕木头砸到你们，我可不想再发生什么意外了。"

"查尔斯，等一下，我先把牧羊女瓷像收好。"妈说完抱着床被子、缝补的衣物和小卡琳从屋里走了出来。她在马厩旁边的一块阴凉的草地上铺好被子，把小卡琳放在被子上玩耍，然后便坐下缝补衣物。

爸把放在下面的木板拿了一块上来，横放在屋顶椽子的最下端。木板的一头伸出了墙外，爸用锤子和铁钉把木板固定在椽子上。这些铁钉是爱德华先生借给爸的。有一次他在去大河的路上遇上了爱德华先生，他听说爸要盖屋顶就坚持要借他一些钉子用。

"他可真是个难得的好邻居！"爸把这件事告诉了妈。

"是啊！"妈也说，"不过我们不能欠人家的人情啊！"

"这个我知道。"爸说，"我从没欠过谁的情，而且永远也不会欠。不过要是论起邻居之间互相帮忙就不一样了。我去独立镇时，会买回钉子如数还给他的。"

这时，爸小心地把嘴里叼着的钉子一根根取出来，钉进木板里。这样就比先用钻头钻孔，再削木钉快多了。不过，钉子也会突然弹出去。

于是，玛丽和罗兰看到钉子掉了下来，便在草地上仔细地找。有时候钉子弯了，爸还会把它们砸直了再接着用。他说每一根钉子都很宝贵，不能随便浪费。

爸把两块木板钉牢后，就坐在木板上，继续往上钉更多的木板，一直钉到木椽架的最顶端。每块木板的边缘都压在下面木板的边缘上。

接着，爸翻到屋顶另一侧，从下往上钉木板。在屋顶最高处的木板之间还留有一条小缝隙。爸用两块木板做成一个凹槽，把它倒过来牢牢地钉在缝隙上。屋顶就这样做好了。

屋子里一下子就暗了许多，因为光线无法从木板之间透进来。不过，雨水也没办法进来了。

"查尔斯，你干得太棒了！"妈称赞道，"头顶上能有这样一个结实的屋顶，真是太高兴了！"

"我们很快还会有更多家具，我都会给你做出最好的！"爸说，"等我把地板铺好，我就会打个床架。"

爸又开始去砍木头了，一趟一趟往家里拉，连打猎都顾不上。他只是随身带着枪，路上碰到什么猎物就顺便打几只带回家。终于他感到运回的木材差不多够用了，于是就开始把木头劈成两半。罗兰每天最喜欢做的事，就是坐在木头堆上，看爸忙碌。

爸用力挥舞着斧头，先劈木头较粗的那一头，将铁楔子较薄的一端插入劈开的裂缝中，用斧头往下敲铁楔子，坚硬的橡木就从中间裂开了。他不断把斧头砍进裂缝，并在缝隙里塞进木块，同时将铁楔子移向前方，再顺着木头的缝隙一点儿一点儿地劈下去。

爸高高地举起斧头，大吼一声"嗨！"同时用力挥下斧头，每次都能准确无误地砍入木缝中。最后，随着咔嚓一声脆响，整根木头一分为二，露出了中间浅色的木质和深色的条纹。爸抹一把额头上的汗水，开始劈新的一棵橡树。

终于，爸劈完了最后一根木头。第二天一大早，爸就开始铺地板了。他把劈好的木头拖进屋里，平整的那面朝上放着，一排排整齐地摆放好。然后用铁锹在地面上挖出沟槽，以便将木材的圆面紧紧嵌在里面。摆放好木头以后，爸用斧头在木头上敲打起来，这样可以使木头固定住，并可以使木头表面平整。爸又把木头上不平整的地方都削平了，最后他摸了摸光滑的木头，满意地点了点头。

"一个刺儿都没有啦！"他说道，"姑娘们以后可以光着脚丫在上面跑来跑去啦。"

在壁炉附近，爸改用了短木头。他把壁炉边的一块地方空了出来，还保持原有的泥土地面，这样即便有火星或是炭火冒出来，也不会烧着木地板。

一天，地板终于铺好了，看上去非常光滑、坚固。爸用橡木铺成的地板，不管多久都不会腐烂坏掉。

"不会有比这更好的地板了。"爸说。妈也很欣慰，她终于不用再踩在泥地上了。她把牧羊女瓷像在壁炉台上摆好，然后拿了块漂亮的红格子餐布铺在餐桌上。

"这下好了，"妈说，"我们又恢复比较文明的生活方式啦！"

爸接下来又忙活着填补墙上的缝隙。他先把薄木片塞进木头缝隙里，然后在上面涂上泥巴，这样就封好了整个缝隙。

"查尔斯，这可太好了！"妈说，"以后不管吹多大风，我们都不用担心了！"

爸停止了吹口哨，对妈笑了。当他把最后一点儿泥塞进墙上的缝隙里并涂抹平整后，非常满意地放下了铁桶。小木屋终于大功告成了。

"要是能在窗户上安上玻璃就更完美了。"爸说。

"查尔斯，其实没有玻璃也已经很好了。"妈说。

"如果冬天能打到足够的猎物，明年春天我就去独立镇买几块玻璃回来，再用同样的办法把它们安上去。"爸说。

"如果我们有了钱，安上玻璃自然更好。"妈说，"到时候再说吧。"

这天晚上，全家人都特别开心。在大草原里，即便是在盛夏的夜晚，都会感到丝丝寒意。壁炉里跳动的火光让人感觉非常舒服。餐桌上的红格子桌布是那样亮丽，壁炉台上的小牧羊女瓷像在闪闪发光，新铺的地板也熠熠生辉。木屋外，调皮的星星在浩瀚的夜空中眨着眼睛。爸坐在门口，拉着小提琴深情地吟唱。屋子里的妈、罗兰和玛丽陶醉在他的歌声里，满天的星斗也沉浸其中。

第十一章
印第安人闯入

一天清晨，爸早早就带着猎枪出门打猎去了。

爸原本打算那天要把床架打出来，他已经把木块都搬进屋了。妈告诉他午餐没有肉了，所以爸就把木块往墙边一堆，先去打猎了。

杰克眼巴巴地望着爸，想要跟他一起去。它喉咙里一直颤抖着，发出低沉的哀嚎声，罗兰几乎想替它求情了。但爸还是用铁链把它拴在了马厩旁。

"杰克，你不能去！"爸说，"你必须留下看家。"还嘱咐玛丽和罗兰说，"你们不能把杰克放开。"

杰克只好可怜巴巴地趴在地上，可能它觉得被拴起来非常委屈，所以扭过头去不再看爸。爸扛着枪渐渐远去，背影越来越小，最后消失在绿色的草原中。

罗兰试着去安慰杰克，但它没有理睬她，它被铁链束缚住，感到很不舒服。罗兰像平常一样逗它玩，可它更加闷闷不乐了。

玛丽和罗兰不忍心看着杰克这样难过。她们整个上午一直待在马厩旁边，温柔地抚摸杰克的脑袋，跟它说着很多安慰的话语，还在它的耳根旁挠痒痒。杰克舔了舔她们的手，但还是一脸沮丧的表情。

杰克把头枕在罗兰的膝盖上，听着罗兰对它说话。突然，它猛地站了起来，颈上的毛都竖了起来，眼睛泛着红光，大声地咆哮。

罗兰被吓住了，杰克从来没有对她这样咆哮过。她顺着杰克的视线望去，看见两个赤裸的印第安人一前一后地走在小路上，正朝着她们的方向走过来。

"你看！玛丽！"罗兰指着他们大叫起来，玛丽也看见他们了。

那两个人长着红棕色的皮肤，瘦瘦高高的，一脸的凶相。头上留着一束梳得笔挺的头发，像小山一样往上翘着，头发上还插着几根羽毛。他们的眼睛黑黝黝的，透着一股吓人的凶光。

他们离马厩越来越近，却突然走向房子的后面，罗兰和玛丽

看不见他们了。

"印第安人！"玛丽小声说。罗兰全身不停地颤抖，她心里突然有了一种奇怪的感觉，两腿发软，一步都动弹不得。她愣愣地站在那里，等着那些印第安人从房子后面走出来。但过了好一会儿了，还没看见印第安人露面。

杰克一直在狂吼着，它拼命地想要挣脱铁链。它的两只眼睛变得红红的，嘴唇向后翻着，露出白森森的犬牙，背上的毛全都竖起来了。杰克有好几次都跳得很高，感觉铁链子都快被拉断了，但最终它还是没能挣脱。罗兰真庆幸爸坚持让杰克留下来，不然她真不知道该怎么办了。

"杰克在这里，它会保护我们，我们只要待在杰克身边就会很安全。"罗兰小声地对玛丽说。

"可是现在那两个印第安人应该进屋去了。"玛丽说，"妈和小卡琳在屋子里呢。"

罗兰的身子抖得更厉害了。她知道她必须要做点儿什么了。她不知道印第安人会对妈和卡琳做什么，房子里没有发出任何声音。

"他们会把妈怎么样呢？"她低声问道。

"我也不清楚！"玛丽回答。

"不行，我们必须把杰克松开，让它去赶走那两个家伙。"罗兰哑着嗓子说。

"那不行，爸说过不让我们这么做！"玛丽说道。她们吓得不敢大声说话。她们把头凑在一起，一边窃窃私语，一边注意着小屋那边的动静。

"可爸没想过印第安人会来啊。"罗兰说。

"但他说绝对不能放开杰克。"玛丽几乎要哭了。

罗兰只想着被印第安人关在房间里的妈和小卡琳。

"我要进去救妈！"她跑了两步，紧接着回过头看看玛丽。然后她转身跑回到杰克身边，大口喘着粗气，紧紧地搂着杰克的脖子。她还是觉得只要放开杰克，就什么危险都不会发生了。

"对，我们不能把妈丢下不管。"玛丽颤抖地说。但是她一动不动地站在那里——她在害怕的时候总是动弹不得。

罗兰把脸埋在杰克身上，紧紧地抱住了它。接着，她松开手，握紧拳头，两眼一闭，以最快的速度冲向小屋。她摔了一跤，这才睁开了眼睛，爬起来接着跑。玛丽紧跟在她身后。她们跑到门口，发现门是敞开的，她们蹑手蹑脚溜进屋子。

那两个赤裸的野人正站在壁炉前。妈弯着腰坐在壁炉前煮些什么东西。小卡琳紧紧抓着妈的裙摆，把小脸深深埋了起来。

罗兰朝妈跑了过去，可她刚跑到炉边突然闻到了一股臭烘烘的味道。她抬头看了印第安人一眼，就飞快地钻到堆放在墙角的那些长木板后面。

木板刚好能遮住她的眼睛。如果她的头一动不动，用鼻子抵着木板，就看不见印第安人了。她松了口气，但过了一会儿又忍不住歪着头，偷偷看他们。

她的视线首先落在了他们穿着的鹿皮软鞋上，然后顺着他们那肌肉发达的棕红色的腿继续往上看。他们的腰间系着一根皮带，前面垂下一块黑白条纹的兽皮。罗兰马上就明白臭味是从哪儿散发出来的了，原来那是刚剥下来的臭鼬皮，皮毛旁边还有一把短刀和一把斧头。

印第安人的肋骨微微突起，一双手交叉在胸前。当罗兰再次看到他们的脸时，吓得又缩到木板后面去了。

他们的脸看起来粗犷、凶狠，不见一丝友善，黑黝黝的眼睛凶光毕露。额头和耳朵上方光秃秃的，但在头顶的正中央却立着一绺头发，用绳子缠绕着，中间还插着羽毛。

当罗兰鼓起勇气再次悄悄从木板后探出脑袋时，那两个印第安人正在看她呢。罗兰的心吓得差点儿从嗓子眼里蹦出来。那两个印第安人乌黑的眼睛直勾勾地盯着她，身子一动不动，就连脸上的肌肉也纹丝不动，只有眼睛一闪一闪的。罗兰吓得不能动弹，连呼吸都快停止了。

这时，一个印第安人从喉咙里发出了两声短促的声音，另一个印第安人也发出同样的声音应和。罗兰一惊，又急忙躲到了木板后面。

不知过了多久，罗兰听到妈揭开了烤箱的盖子，接着听到印第安人蹲下身子吃东西的声音。

罗兰偷偷看了一眼，那两个印第安人吃着妈刚烤好的玉米面包，甚至连掉在地上的面包屑都捡起来塞进了嘴里。妈安静地站在那里，一边看着他们，一边抚摸着小卡琳的头。玛丽一直藏在妈身后，紧紧拽着妈的衣角。

这时，窗外传来了杰克与铁链挣扎所发出的咔嚓声。

两个印第安人把玉米面包吃光以后，站起身来。这一动，他们身上的臭鼬味就更加浓烈。其中一个人又从喉咙里挤出叽里呱啦的声音。妈瞪大眼睛看着他们，但什么也没说。两个人转身大摇大摆地走出了小木屋，他们走路的时候，一点儿声音也没有。

妈长长地吐了一口气，紧紧地把玛丽和罗兰搂在怀里。她们从窗口看到那两个家伙沿着那条小路，一前一后朝西走去，越走越远。接着，妈瘫坐到床上，把玛丽和罗兰搂得更紧了。一张脸变得煞白，没有一丝血色。

"妈，你是不是不舒服？"玛丽问道。

"没有。"妈说，"他们总算离开了。"

"他们的味道真恶心。"罗兰抽动着鼻子说。

"那是因为他们穿着臭鼬皮。"妈说。

接着，玛丽告诉妈她们把杰克留在外面，然后冲进屋子想要赶跑印第安人。妈欣慰地看着她们，夸奖她们勇敢。

"现在我们得赶紧做午饭了。"妈说，"爸快到家了。玛丽，你去外边搬点儿柴火进来。罗兰，你把桌子收拾干净。"

妈卷起袖子，洗了洗手，开始和玉米面。罗兰给爸摆好餐盘、刀叉、杯子，给妈也准备了同样的餐具，另外又在餐具左边摆放一个小卡琳喝水用的小杯子。自己和玛丽的位置上也同样摆上了盘子、餐刀以及叉子，但两份餐具中间只摆放了一个杯子，因为她和玛丽一直合用一只。

妈用玉米面团做出了两个半圆形的薄饼。她将两个半圆的直边靠在一起，放进烤箱里，并用手均匀地压实，因为爸总是说面包上如果有了妈的手印，就算不放糖浆，吃起来也照样松软香甜。

罗兰才把桌子布置好，爸就回来了。他打到了一只大兔子和两只松鸡。爸把猎物搁到门口，进了屋，挂好了枪。玛丽和罗兰一拥而上，紧紧地围着爸，抢着跟他说话。

"竟然会有这种事情？"爸摸着她们的头说，"你们见到印第安人了，罗兰？这回你是不是如愿以偿啦？我今天在西边的山谷里看到他们的营地了。卡洛琳，印第安人真的造访我们家了吗？"

"是的，而且来了两个。"妈说道，"很抱歉，查尔斯，他们把你的烟草全拿走了，而且还吃掉了很多玉米面。他们指着玉米面，做手势让我做给他们吃，当时可把我吓坏了，只能照办。啊，查尔斯，我真害怕。"

"哦，卡洛琳，你做得没错。"爸说，"我们不能把印第安人当成敌人。咦？屋子里有股什么怪味儿啊！"

"他们穿着鼬鼠的生皮。"妈说道，"他们浑身上下竟然只穿了那么一小块臭皮毛！"

"可以想象，他们让整个屋子都变味儿了！"

"是的，查尔斯。我们快没有玉米面了。"

"卡洛琳，不用担心，这里遍地都是野味，我们还可以再凑合一段时间。"

"但他们把你所有的烟草都拿走了。"

"没关系，就当我送给他们的礼物吧。"爸说，"最重要的是，我们必须得和印第安人搞好关系，我可不想睡醒以后，发现身边围着一大堆发出怪叫声的印第安人。"

罗兰正竖着耳朵希望他接着说下去呢，可爸突然停住了，妈紧紧地抿住嘴唇，对他摇了摇头。

"好了，我的孩子们，都到我这儿来！"爸说，"既然面包还没烤好，你们先帮我去把兔子和松鸡的毛拔下来吧。我们得快点儿，我都饿坏了！"

阳光暖洋洋地照着大地，微风轻轻地吹拂着。她们坐在木头堆上，看着爸用猎刀干活儿。兔子的眼睛中弹了，松鸡头部中弹。爸说，子弹的速度特别快，它们永远都不知道自己到底是怎么被打着的。

爸用猎刀分开兔子的皮和肉，罗兰帮他扯住兔子皮的一角。"我得往兔皮上涂些盐，挂起来晒干，这样到了冬天，你们就有一顶温暖的兔皮帽子了。"爸说。

罗兰干着活儿，脑袋里却还想着那两个印第安人。她对爸说要是能把杰克松开，它肯定能马上把他们赶走。

"难道你们想把杰克放出去？"爸严厉地说。

罗兰胆怯地低下了头，小声说："是。"

"我告诉你们不许放开杰克，你们怎么不听话？"爸板起脸说。

"尽管我叮嘱了你们，但你们还是想到了要放开杰克？"爸的声音听起来有些可怕。

罗兰不敢吭声了，玛丽带着哭腔说道："是的，爸。"

爸沉默了一阵，过了半天才发出一声长长的叹息，就像印第安人离开后妈发出的长叹一样。

"从今以后，"爸严厉地说，"我说的话你们必须遵守，绝对不容许违背，记住了没有？"

"知道了，爸。"罗兰和玛丽都小声说道。

"你们知道如果放开杰克会有什么样的后果吗？"爸问。

"不知道。"姐妹俩低声回答。

"它很可能会咬伤那些印第安人。"爸说，"我们就惹上大麻烦了！你们懂了吗？"

"懂了，爸。"她们回答，心里并不明白。

"他们会把杰克杀死吗？"罗兰问道。

"是的，但远远不只这样。你们一定要牢牢记住我的话，不管发生什么事情都要照做。"

玛丽和罗兰连忙点头说道："知道了，爸。"她们都在为当时没放开杰克而暗自庆幸。

"一定要照大人说的去做！"爸又嘱咐了一遍，"这样你们就不会受到伤害！"

第十二章
新鲜的井水

爸开始动手做床架。他把木板打磨光滑，确保上面没有一根扎人的木刺，然后钉到一起。他先用四块木板搭成了床的四边，用来放置草垫子。接着在床的底部，爸从一边到另一边穿上了一根绳子，并把绳子从那头拉回这头，拉得紧紧的，形成一个"之"字形。

爸把床架的一边牢牢地钉在了墙角上，这样，就只有一个床角没有被固定住了。爸在这只床角处竖着放上一张长木板，并把它与床架钉到一起。爸又在墙壁与立起来的木板之间钉了两根橡木条，然后爬上去站好，把木板的顶端牢牢钉在了屋顶的木椽上。之后，他在橡木条上钉好一块横搁板，可以用来放些东西。

"卡洛琳！可以啦！"爸喊起来。

"哦，查尔斯！我真是太高兴了，"妈笑着说，"来帮我把草垫搬进屋来。"

妈那天一大早就把铺床的草垫做好了。草原上找不到麦秸，所以她就找了些干净的枯草塞进垫子里。经过阳光照射，草垫子变得蓬松柔软，散发着淡淡的芳香。爸帮妈把草垫搬进了屋，然后把它放到了床上。妈铺好床单,把被子铺在上面,最后放好枕头,枕头上还铺了枕巾,枕巾上绣着漂亮的小鸟图案。

爸、妈、玛丽和罗兰围着床铺欣赏,这真是一张舒适的床。因为新添了舒适美观的床铺,屋子里一下就焕然一新了。

那晚,妈对爸说:"这真是太舒服了,我们是不是太奢侈了?"

玛丽和罗兰还只能睡在地板上,不过爸很快也会给她们打一张新床的。爸做了一个结实的橱柜用来放粮食,并装上了一把锁,这样,印第安人要是再闯进来,也不必担心他们把粮食全都掠走了。接下来爸要挖一口井,只要把水井打好,不管爸离开多少天,妈也可以随时有水用了。

第二天早晨,爸在小屋不远处的草地上画出了一个大圈,用铁锹把圈里面的杂草清理干净,接着开始往下挖土。

爸挖井的时候不让玛丽和罗兰靠近。没过多久,她们就看不见爸的脑袋了,只能看见泥土一铲一铲地从坑里飞出来,最后,铁锹飞了上来,落在了草地上。然后爸从坑底往上一跳,露出了头。他用一只手抓着坑边的杂草,另一只手撑着土地,一用力,便从深坑里爬了出来。"要是再挖深点儿,我就爬不上来了。"爸说。

他打算找个人帮忙。于是他挎上枪,骑着帕蒂出去了。当他回来的时候,手上拎着一只肥大的兔子,他去找了斯科特先生帮忙。他们约定好,斯科特先生先帮爸挖井,然后爸再帮他挖井。

妈、玛丽和罗兰都没见过斯科特夫妇,因为他们生活在大草原边上的山谷里。罗兰只是看过那边有炊烟飘出来,其他一切就都不知道了。

第二天太阳刚升起来,斯科特先生就到了。他个子不高,胖胖的。头发呈黄白颜色,可能是太阳暴晒的缘故,就连他的皮肤都是红彤彤的,而且非常干燥,虽然还没变黑,但正在脱皮。

"这边阳光毒辣，风也很大。"他说，"自从搬来这里以后，我就一直在脱皮，我觉得自己简直像条蛇。"

罗兰很喜欢他，所以她每天早上洗完碗，铺好床，就会跑出去看爸和斯科特先生挖井。灼热的太阳把草原照得明晃晃的，风吹来一阵阵的热浪，遍地的青草都已经发黄枯萎了。玛丽喜欢待在屋里做针线活儿。但罗兰却喜欢强烈的阳光和热乎乎的风，最重要的是，她喜欢看他们挖井。但爸不允许她走近井边，她只能远远地望着。

爸和斯科特先生先在井上架好了辘轳，辘轳上的绳子两端系着两个提桶。随着辘轳转动，一只桶就会缓缓落到井底去，另一端的铁桶自然会升上来。上午，斯科特先生到井里挖土，一个桶装满土后，爸就在上面把桶摇上来，把桶里的泥土倒到井旁边的空地上。他们吃过午饭，爸就下到井里去，斯科特先生负责在地面往外倒土。

爸每天早上在斯科特先生下井之前，都要先在桶里放上一根点燃的蜡烛，慢慢地降到井底。有一次，罗兰站在井边往里看，发现烛光还在井下摇晃着。爸说："下面很安全。"然后把桶摇上来，吹熄蜡烛。

"查尔斯，你这是多余的。"斯科特先生说，"你看我昨天下去不是没事吗？"

"这可说不准。"爸说，"还是小心一点儿好！"

罗兰不明白爸为什么要点蜡烛，不过她没有问，因为爸和斯科特先生在忙着干活儿呢。她本打算中午再问，可转眼就忘记了。

一天清晨，爸早饭还没吃完，斯科特先生就来了。斯科特先生在屋外大声喊："查尔斯，太阳都出来了，咱们赶紧开工吧！"爸赶忙把咖啡一饮而尽，走了出去。

很快外面就传来辘轳旋转的吱呀声，爸也吹起了口哨。玛丽和罗兰正在清洗餐具，妈在收拾床铺，突然爸的口哨声停了下来。接着传来了爸的惊呼声："斯科特！斯科特！"然后他又大叫："卡洛琳，快来帮忙！"

妈闻声跑出了屋子，罗兰也跟了过去。

"斯科特好像在下面晕倒了，"爸说，"我得马上下去。"

"你今天是不是没放蜡烛？"妈问。

"没有，我以为他会放。我刚才问他下面有没有情况，他还说没事。"爸把空吊桶从井绳上割下来，然后把绳子牢牢地绑在辘轳上。

"查尔斯！你不能下去啊！"妈阻止他。

"卡洛琳，我必须这样。"

"不要下去啊，查尔斯，不行！"

"不会有事的，我会一直憋着气，难道要眼看着斯科特死在下面吗？"

妈突然大声说道："罗兰，离井口远点儿！"罗兰吓得连忙退到屋檐下面，浑身不停地哆嗦。

"不行！查尔斯！你不能下去！你赶紧骑马去求救。"

"那样肯定来不及！"

"查尔斯，万一我拉不动你……或者你也昏倒在井底下，我没力气拉你出来……"

"卡洛琳，没时间了，我一定要下去。"爸说完，就抓着绳子跳到了井下。

妈蹲在井边，双手抱住脑袋，眼睛死死盯着井里。

草原上的百灵鸟唱着欢快的歌，在天空中飞舞着。风吹在身上暖洋洋的，但罗兰却感到浑身发冷。

突然，妈猛地跳了起来，抓住辘轳拼命地往上摇。绳子绷得紧紧的，辘轳发出了刺耳的声响。罗兰以为爸昏倒在井底了，妈没力气把他摇上来。但是，辘轳突然又转了起来。

很快，爸的一双手露出了井边，他紧紧抓住绳子，十分艰难地爬了上来，一下子瘫坐在地面上。辘轳飞快地转着，不一会儿，井底就传来"咚"的一声。爸想要站起来，妈赶忙阻止他："查尔斯，你坐着别动。罗兰，快去拿水来！"

罗兰赶快跑进小屋，提了一桶水跑了回来。那时，爸妈正在摇辘轳。绳子缓缓上升，绳子的末端绑着斯科特先生，他手脚无力地耷拉着，嘴吧微微张着，眼睛也半闭着。

爸把他拖到草地上，脸朝上放平，摸了摸他的脉搏，又趴在他胸口听了听。

"他还在呼吸，"爸说，"呼吸一下新鲜空气就没事了。卡洛琳，我也没事，只是太累了。"

"那就好！"妈说，"我真担心你出事！你以后别再干傻事了好不好？这可不是闹着玩的啊！我……"她说着就用围裙捂住脸，哭了起来。

这真是恐怖的一天。

"我不要井了。"妈哽咽着说，"我不愿意你冒险！为了那口井不值得！"

原来，斯科特先生在井底呼吸到了瓦斯，这是一种无色无味的有毒气体，呼吸久了会要人命的。多亏了爸下到井底，把斯科特先生拴在井绳上拉了上来，他才得以脱离生命危险。

斯科特先生好一些后就回家了。他对爸说："查尔斯，你是对的，我竟然还觉得放蜡烛是一件傻事，是多余的，是我错了。"

"是啊。"爸说，"如果蜡烛熄了，人就不能下去。我们要保证安全才行，还好最后大家都没事！"

爸休息了一会儿，因为他也吸进了一些毒气，所以感觉有些不适。

到了下午，爸找了根绳子，用破布包了些火药，把绳子的一头插到火药里，绑结实了。

"罗兰，你来。"他说道，"让你看件有趣的事。"

他们走到井边。爸把绳子的一头点燃，看着上面冒起火花，就把那个小布包扔进了井里。

随着"砰"的一声，一股浓烟滚滚而出。"这样就行了，井里的毒气都被逼出来了。"爸说。

等烟雾散开以后，爸让罗兰点根蜡烛放到铁桶里，降到井底。在漆黑的深井里，那闪烁的烛光像一颗小星星。

第二天，斯科特先生又来帮忙继续挖井了。他们非常谨慎，每天早上都要把蜡烛放进井里试一试。又这样挖了好几天，已经有水从井底渗出来了，但还不够多。桶里打上来的都是些泥浆，爸和斯科特先生在泥浆里连续干了几天。每当蜡烛放下去的时候，渗水的井壁都反着光，当水桶到了井底，烛光会在水面上照出闪亮的光圈。

爸站在齐膝的水中，每次挖泥之前都得先把水给舀出来。

一天，爸在挖泥的时候，突然大叫一声："斯科特，快拉！快把我拉上去！"妈赶紧跑出屋来，罗兰也跟着跑到了井边。井底传来一阵哗哗的水流声。斯科特先生奋力地摇动辘轳，爸不一会儿就攀着绳子爬了出来。

"可能是流沙，我差点儿被埋起来！"爸说。他浑身沾满了泥浆，湿漉漉地站在井边。"我用铁锹使劲地挖，突然，整个人开始下沉，一股水猛地喷到了我身上。"

"绳子打湿了足足有六英尺长。"斯科特先生收紧井绳说，"还好你爬得快，查尔斯。水涌上来的速度比我拉的速度快多了。"忽然，斯科特先生一拍大腿问："你的铁锹呢，该不会丢在井里了吧？"

当然不会了，爸把铁锹一同拿了上来。

井里不一会儿就溢满了水，一汪蓝蓝的天空倒映在井水里。罗兰探头往井里看，井里也有个小女孩正抬头望着她，她挥挥手，井面的女孩也朝她挥挥手。

井水清凉爽口。罗兰觉得这是自己喝过的最清甜爽口的水了。爸以后再也不用去河边拉水了，那温热的河水一点儿也不新鲜。爸又用石头砌了个坚固的井台，还做了个井盖盖住，罗兰都搬不起来。她们如果口渴，必须告诉妈。妈就会拿开盖子，打一桶清澈冰凉的井水上来，让她们喝个够。

第十三章
得克萨斯的长角牛

一天晚上，罗兰和爸一起坐在门口的台阶上。皎洁的月光照亮了漆黑的草原，风已经停了。爸轻轻地拉起了小提琴。

爸把最后一个音符拉得很长，直到它飘舞着融入月色中。草原上的一切都是那么美，罗兰真希望能够永远停留在此刻。但是爸喊她回去睡觉了。

这时，罗兰听到远方传来了一阵低沉的声音，她问："爸，那是什么声音？"

爸听了听，说："这是牛的叫声，一定是牛群正往北迁徙呢。"

罗兰换上睡衣，站在窗边聆听着。周围一片寂静，连野草摇曳的沙沙声都没有。但是，远处传来了一阵马蹄声、车轮转动的吱呀声，似乎还有歌声夹在其中。

"爸，你听到了吗？好像有人在唱歌。"罗兰说。

"没错。那是牛仔们的歌声，他们正哄牛群入睡呢。"爸看着罗兰说，"我说小姑娘，你快点儿上床睡觉吧！"

罗兰想象着在月光照耀下，牛群卧在草地上，牛仔们轻柔地唱着催眠曲的情景。

第二天一大早，罗兰刚走出屋子，就看到两个陌生人骑着马过来了，他们在马厩旁停下来，跟爸聊着天。他们的皮肤是红棕色的，像印第安人一样，可眼睛眯成了一条细缝。他们都穿着长长的马靴，佩带着马刺，头顶上戴着一顶草帽，脖子上系着围巾，腰上还挂着一把手枪。

他们和爸说："再见了！"然后骑上马，吆喝着："吁！驾！"便飞奔而去。

"我们运气真不错。"爸对妈说。原来那两个人就是爸说过的牛仔，他们想要爸在他们赶着牛群经过通往大河的山谷时帮着照看一下，别让牛掉到山谷里去。爸不收钱，但是向他们要了一些牛肉。

"卡洛琳，我们就要有上好的牛肉啦！"爸说。

"哦，查尔斯！太好了！"妈满心欢喜地说道。

爸取出最大的那条围巾系在脖子上，还给罗兰示范应该怎样卷起围巾才能遮住嘴巴和鼻子，阻挡飞扬的尘土。接着，他骑上帕蒂，沿着那两个牛仔来时的小路朝西边跑去，一会儿，他的身影就消失在了茫茫草原上。

太阳炙烤着大地，热浪一股股袭来，牛群的声音越来越近了，那声音听起来让人感到有一丝伤感。到了正午，地平线上卷起了一阵尘土，牛蹄子奔跑所发出的声音震耳欲聋。

日落时分，爸骑着帕蒂回家了。他浑身上下都是尘土，就连胡子、头发和眼皮上都布满了黄土。他没有拿到牛肉，因为牛群还没渡过河流。

这天晚上，爸显然非常累，没有多说话，吃完饭没拉小提琴就睡了。牛群就在离小屋不远的地方，哀伤地叫着，直到深夜才安静下来。接着，那些牛仔们的歌声又响了起来，不过听起来不像是催眠曲，那高亢而寂寥的音调仿佛是野狼的哀号声。

罗兰听着那孤寂的歌声，一点儿睡意都没有。在更遥远的地方，偶尔也会传来一两声野狼的嗥叫与之呼应着。牛仔们还在高歌，歌声是那样如泣如诉。罗兰等大家都睡着后蹑手蹑脚地走到窗前，看见远处有三堆篝火，在漆黑的夜里犹如三只红色的眼睛闪烁着。夜空是如此辽阔、宁静，皎洁的月光洒满大地，那悲凉的歌声似乎在向月亮倾诉着哀怨。听了一会儿以后，罗兰的心情都跟着感伤起来。

第二天清晨，玛丽和罗兰都向西边张望着。她们听到远处传来了牛叫声，偶尔也夹杂着一两声尖锐的嗥叫声。

突然，有十几头牛在离马厩不远的地方冲出了牛群，看样子它们想到河边去喝水。它们摇晃着凶悍的长角，奋力甩着尾巴，蹄子踏得地面嗵嗵直响。这时骑着野马的牛仔们狂奔到它们前面拦住去路。他们挥舞着草帽，嘴里发出尖叫："嘿！吁——吁——吁！"牛群相互碰撞着长长的犄角，拖着笨拙的尾巴，和后面疾驰的野马纠缠在一起，眨眼间就消失了。

罗兰挥舞着手中的遮阳帽跑来跑去，模仿牛仔的样子尖叫着："嘿，吁——吁——吁！"直到妈大喊着阻止她才停下来。那样喊叫实在不像一个女孩子，但罗兰太希望自己能成为一个牛仔了。

到了傍晚时分，三个人骑着马带着一头牛从西边走了过来，其中一个就是爸，他骑着帕蒂。直到他们走近了，罗兰才注意到那头母牛身边还跟着一头长着花斑的小牛犊。

母牛甩着脑袋，慌张地朝马厩走过来。有两根绳子套住了它的两只长角，由两个牛仔拴在各自的马鞍上。当它去顶撞一个牛仔时，另一个牛仔就会驱马将它拖回来。母牛呼呼喘着粗气，小牛犊也细声细气地哼叫着。

妈坐在窗前看着外面，玛丽和罗兰眼睛都瞪得大大的，直盯着他们看。两个牛仔用绳子拉住了母牛，爸把它牵进马厩里拴了起来。然后牛仔们就和爸告辞了。

爸竟然带了一头母牛回家，妈简直不敢相信。但是母牛已经牢牢地拴在马厩里了。爸说因为小牛犊不适合长途跋涉，而母牛太瘦也卖不上价，所以牛仔们就干脆把它们送给了爸。牛仔们还把约定的牛肉也给了爸，此时就在马鞍上搭着。

爸、妈、玛丽和罗兰都高兴坏了，就连小卡琳也跟着咯咯笑个不停，尤其是爸的笑声像铃铛般响亮。平时，妈高兴的时候顶多就抿嘴微微笑一下，这次竟开心地笑出了声，因为他们有了一头母牛。

"卡洛琳，拿只干净的桶过来。"爸说，他这就要去挤牛奶。他提着桶来到马厩，把帽檐往上推了推，蹲在母牛侧面开始挤奶。不料那母牛竟然拱起脊背，猛地把爸踢个仰面朝天。

爸跳了起来，脸涨得通红，气呼呼地瞪着眼睛："看着吧！今天我无论如何也要把奶挤出来！"

他找来几根橡木，用斧头把一端削尖了，随后把母牛赶到马厩边拴牢，把橡木结结实实地插进母牛旁边的地里。母牛和小牛犊被吓得嗷嗷直叫。爸又找来几根木棒，把木棒一头牢牢地绑在木桩上，另一头插进马厩墙壁的木头缝隙里，这样就做成了一个围栏。

母牛完全无法自由地移动身子了。不过小牛犊可以自由地在母牛和马厩之间走动，这样它就感到安全一些，不再叫个不停。小牛犊开始站在母牛身下吃起了奶，爸在另一边跟着挤牛奶，他挤了满满一杯牛奶。

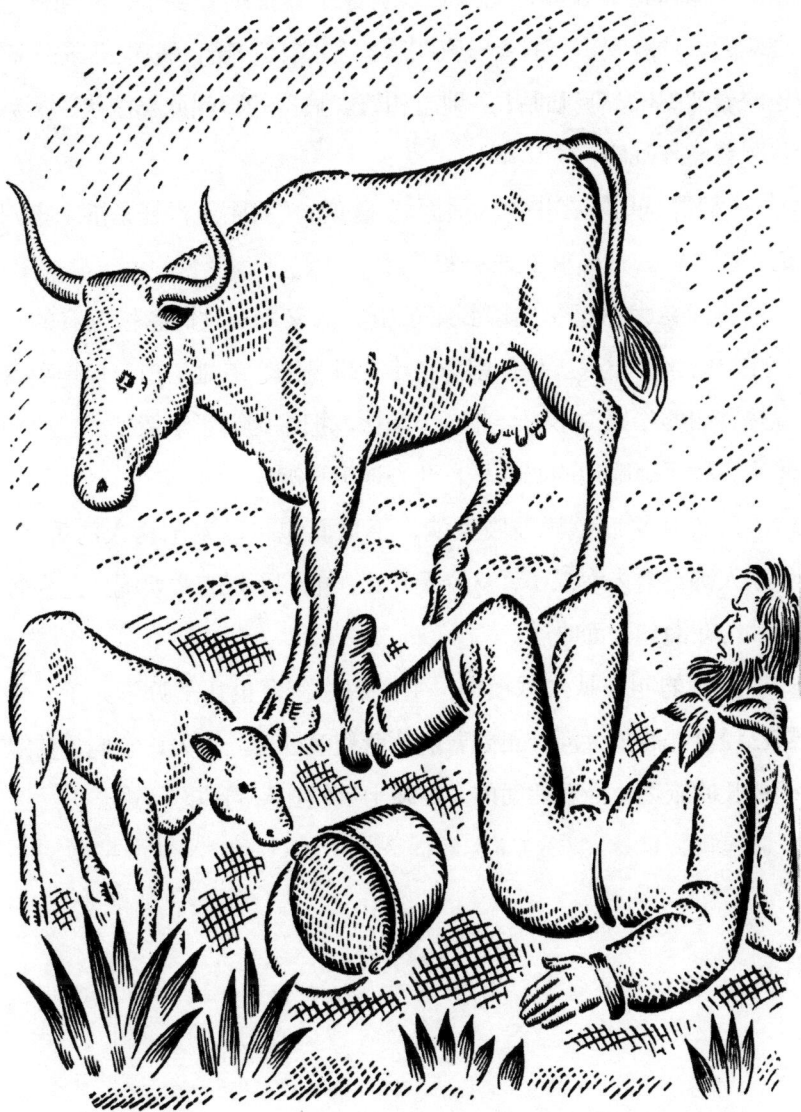

"明天早上我再试试吧。"爸说道,"这可怜的母牛可能跟野鹿一样,还不习惯和人相处,我们必须驯服它。"

夜幕降临,夜莺趁着最后一丝光忙着捕捉着虫子,河边低地里响起一片蛙鸣,有只鸟一直叫着:"喂噗!喂噗!喂噗!"猫头鹰也跟着"呜咕!呜咕咕!"地应和着。狼群的嗥叫此起彼伏,杰克也跟着一阵乱叫。

"狼群就尾随在牛群的后面。"爸说,"我明天得赶紧搭个牢固的牛圈才行,这样狼就进不来了。"

接着,大家把牛肉搬到屋子里。全家人一致同意把仅有的一杯牛奶给小卡琳喝。他们围坐在小卡琳身边,看她一口一口地喝着温热香甜的牛奶。不一会儿,小家伙就把牛奶喝了个精光,然后伸出舌头舔了舔嘴边的奶沫子,开心地笑了起来。

牛排在平底锅里吱吱直响,玉米面包也散发出诱人的香气。一家人都觉得太幸福了,从今天开始,他们不仅有牛奶喝,还会有黄油抹在面包上面吃了。

牛群的叫声越来越模糊,牛仔们的歌声也几乎听不见了。牛群已经全部渡过大河,正朝着堪萨斯州前进着。明天,它们还要继续漫长的旅途,沿着北面的大路朝士兵们扎营的地方行进。

第十四章

印第安人的营地

天气变得越来越炎热，连风都是热的。妈说："这风简直就是从火炉中喷出来的。"

草的叶子开始泛黄。烈日下，整个大草原都荡漾着金波碧浪。

风到了中午就停了，鸟儿也不再唱歌了，四周一片寂静。罗兰甚至能听到河边树林里松鼠吱吱的叫声。突然，飞来一群乌鸦，发出了刺耳的尖叫声。接着周围又恢复了一片宁静。

妈说这就是仲夏。

爸在猜想那些印第安人去哪儿了。他们的营地还留在草原上，但里面空无一人。一天，爸突然问玛丽和罗兰想不想去看看印第安人的营地。

罗兰高兴地拍着手跳了起来，但是妈表示反对。

"查尔斯！那里离得太远了！"妈说，"而且现在又这么热！"

爸调皮地眨眨他那蓝色的眼睛。"炎热的天气没有伤着印第安人，那我们也不怕热啊！"他说，"孩子们，我们出发吧！"

"爸，把杰克也带上吧。求你了！"罗兰替杰克说情。爸拿着猎枪，看看罗兰，又看看杰克，再看了妈一眼，将枪放回原处了。

"听你的，罗兰。"爸说，"卡洛琳，我把杰克带走了，枪给你留下防身。"

杰克兴奋地围着他们蹦跳，尾巴起劲地摇着。它一看清要走哪条路后就飞快地往前跑去。爸跟着杰克，玛丽紧跟在爸身后，罗兰走在最后。玛丽把遮阳帽戴在头上，罗兰则把帽子挂在背上。

她们光着脚走在滚烫的地面上，强烈的阳光穿透已经褪色的衣服，把手臂和后背烤得火辣辣的。空气像火炉里散发的热气一样灼热，闻起来还有一股烤面包的味道。爸说这是草籽被晒干后的气味。

他们在宽阔的草原上越走越远。罗兰觉得自己越变越小了，甚至连爸也不像平时那么高大了。最后，他们终于到了印第安人驻扎的小山谷。

杰克发现了一只大野兔。兔子跳出草丛时，吓了罗兰一跳。爸赶紧说："杰克，别追了！我们的肉够吃了！"杰克听话地坐下不动了，看着兔子跑进了洼地里。

玛丽和罗兰紧紧挨着爸，瞪大了眼睛环顾四周。山谷里长着低矮的灌木丛，小树枝上盛开着粉红色的花朵和果实，在碧绿的树叶间若隐若现。麒麟草的白色花羽逐渐变成灰色，牛眼雏菊的金黄色花瓣也从花冠中垂了下来。

所有这些都隐藏在这个神秘的谷地里。罗兰平时站在窗口只能看到一望无际的草原，如今置身于谷地中，也同样无法看到小屋了。大草原看上去是平的，但其实并不是这样。

罗兰问爸草原上是不是还有很多这样的小山谷，爸说是的。

"那印第安人一定就住在某个山谷里吧？"罗兰问。爸也不确定，但也不排除这种可能。

罗兰和玛丽分别抓着爸的一只手，他们一起看着印第安人的营地。帐篷前的空地上留着一堆灰烬，地面上还有很多深深的小洞，那是帐篷杆子插在地里留下的，就连印第安人的狗啃过的骨头也零散地丢弃了一地。

大大小小的鹿皮鞋印，还有赤脚孩子留下的小脚丫印。这些鞋印和脚印上面还叠着兔子、鸟儿和狼的脚印。爸指着灰烬附近不大不小的鹿皮鞋印，说有一个印第安妇女曾在那里煮饭，她应该是蹲着的，穿着一条皮裙子，上面还带有花边，因为裙边在土里留下了痕迹。当看到脚印的脚趾部分陷得比较深时，爸说那是她在用力搅拌锅里的食物呢。

接着，爸从地上捡起了一根被烟火熏黑的分叉的树枝。他说，印第安人曾把两根这样的树枝插进地面，在上面搭上一根木棍用来架锅，他们就是用这种方法来煮饭的。爸又让她们观察火堆旁的一些骨头，并告诉她们那个锅里曾经煮过些什么食物。

她们思索片刻，然后回答道："是兔子！"不错，的确是兔子的骨头。

突然，罗兰欣喜地叫道："快看！我发现了什么？"土里有个蓝色的东西闪闪发光。她捡起来一看，那是颗蓝色的珠子，罗兰高兴地大叫了一声。

接着，玛丽也捡到了一颗红色的珠子，而罗兰又找到了一颗绿色的珠子，爸也帮她们一起找。他们一起捡到了白色的、褐色的玻璃珠，不过找到最多的还是红色的和蓝色的。那天下午，他们一直忙着在印第安人的营地里寻找珠子。爸不时跑到谷地边缘，朝家那边看看，过一会儿又回来继续跟她们一起找珠子。他们几乎找遍了整个印第安人营地。

当他们搜寻完之后，天色已经发黑了。罗兰捡到了满满一把珠子，玛丽也一样。爸用手帕把她俩的珠子分开包好，这样她们的玻璃珠就不会丢失，而且到时候也可以分得出来各自的玻璃珠。爸把手帕装进口袋，他们便踏上了回家的路。

他们走出山谷，太阳已经低低地落在了身后。他们的木屋看起来那么小那么遥远。爸没有带枪。

爸加快了速度，罗兰几乎要小跑着才能跟上。但不管他们走得多么快，还是没有太阳下沉的速度快，家似乎越来越远。忽然吹过一阵凉风，发出可怕的飒飒声，小草的叶子开始瑟瑟发抖。

爸这时转过身，冲着罗兰眨了眨蓝色的眼睛，问她："我的小瓶子，你累不累？这段路对你来说确实很远。"

爸抱上她，尽管罗兰不再是小孩子了，但爸还是稳稳地把她扛到肩膀上。玛丽紧紧拉着爸的手，就这样他们一起走回了家。

她们回到家中时，晚饭已经煮在炉灶上了。妈正在收拾桌子，小卡琳坐在地板上摆弄着小木片。

"卡洛琳，我们本该早些回来的。"他说，"不过，孩子们发现了这个，你看看。"爸把手帕放到妈手里，然后拎着牛奶桶出去了。他解开了皮特和帕蒂，把它们牵到马厩里，接着又去挤牛奶了。

妈打开手帕，发出了惊喜的感叹。珠子闪闪发亮，比她们在印第安营地里看到时更漂亮了。

罗兰用手指拨弄着珠子，看它们闪烁的光泽，然后对妈说："看，这堆都是我找到的！"

玛丽却说："妈，我的珠子可以给卡琳玩。"

妈看着罗兰，期待着她再说些什么，可罗兰什么也不肯说，她想独自拥有这些漂亮的珠子。她感到浑身发热，和懂事的玛丽相比，她更愿意这些珠子都是自己的。但是她又不能这么做，因为她不能让玛丽把她比下去。

于是她慢腾腾地说："我的也可以让卡琳玩。"

"这才是不自私的好女孩嘛。"妈说道。

于是，妈把玛丽的珠子倒在玛丽的手上，把罗兰的珠子倒在罗兰的手上，然后找来一根线，让她们把这些珠子穿起来，做出一条漂亮的项链，送给小卡琳。

玛丽和罗兰坐在床上，用妈给她们的线穿起那些美丽的珠子。她们先在嘴里抿一抿线头，再用指头捻紧，接着玛丽把她那一端穿进每颗珠子的小洞里，罗兰也把她那一端穿过一颗颗珠子。

她们谁也没有说话。可能玛丽心里感到甜蜜幸福吧，但罗兰却不那样想。当她看到玛丽的样子时，真想给她一个耳光，所以她就不敢再看玛丽了。

那串珠子被穿成了一条漂亮的项链。卡琳看到后，一边拍手一边笑。妈给小卡琳戴上项链，玻璃珠散发出耀眼的光芒。这时，

罗兰心里才稍稍舒服了些。因为她和玛丽各自的玻璃珠子都不够穿成一条项链的，只有她们两人的合在一起才能为卡琳做一条项链。

不一会儿，小卡琳就开始用手使劲去扯珠子。她还不懂事，根本不懂得项链的装饰作用，反而觉得拿在手里扯来扯去更有意思。妈赶紧把项链解下来，把它收藏起来，等小卡琳长大后再戴。过后罗兰还是会时常想起，甚至在心底里还一直认为那条漂亮的项链本该是属于自己的。

但总的来说，那真是美好的一天。后来，罗兰常常想起那天他们穿过草原，走了那么漫长的一段路，也常常想起他们在印第安人的营地里见到的一切。

第十五章
疟　疾

黑莓成熟了。中午过后，罗兰跟妈一起去摘黑莓。河边茂密的森林中挂满了又黑又大、水分充足的黑莓。有些黑莓躲在树叶里乘凉，有些则懒懒地在树枝上晒太阳。阳光太炎热了，罗兰和妈只能躲在树荫下面采摘。

野鹿躺在树丛的阴凉处，静静地看着妈和罗兰。蓝色的鸟儿在她们的遮阳帽周围飞来飞去，对她们叽叽喳喳地警告着，好像在责怪她们抢了它们的黑莓。蛇匆匆躲了起来，松鼠也被吵醒了，向她们吱吱直叫。当罗兰和妈扒开灌木丛，进入树林深处以后，一群蚊子嗡嗡地飞着跟过来。在那些熟透的黑莓上，也密密麻麻地停满了蚊子，吮吸着甜蜜的果汁。但它们更喜欢吸食罗兰和妈的血。

罗兰的手上和嘴巴周围被黑莓的汁水染成了紫黑色，因为她一边摘一边往嘴巴里塞了很多黑莓。她的脸上、手上以及小脚丫上到处都是被蚊子叮咬的包和被荆棘划出的血印。她用手拍蚊子时，又留下了紫色的掌印。不过，她们每天都会拎着好几桶满满的黑莓回家，然后妈会把它们在阳光下晒干。现在，他们每天都可以吃到

新鲜的黑莓，而且等到了寒冷的冬天，他们还可以吃到黑莓干呢。

　　玛丽几乎不出去摘黑莓。因为她年长一些，必须待在家里照看小卡琳。白天，屋子里偶尔会有一两只蚊子，可一到了夜里，蚊子就会成群结队地钻进小木屋，除非外面刮起大风来。所以在无风的晚上，爸就在屋子和马厩周围点燃几堆没有完全干燥的野草，用浓烟驱赶蚊子，尽管如此，还是会有一两只溜进来。

　　因为夜晚有蚊子捣乱，爸就不再拉小提琴了。就连爱德华先生都说，大河旁边的山谷里蚊子多得吓人，所以吃完晚饭后他不能过来串门聊天了。马厩里，皮特、帕蒂、邦尼、母牛和小牛犊整晚都在马厩里走来走去，不停地用尾巴抽打可恶的蚊子。每天早上醒来，罗兰的额头上就会多出好多大包，又痛又痒，全都是蚊子的"功劳"。

　　"这种日子快过去了。"爸说道，"秋天就要来了，冷风一吹，它们就挺不住了！"

　　罗兰最近总感觉不舒服。一天，她站在烈日底下还感到浑身冰冷，即便站在火炉旁取暖都没有效果。妈问她和玛丽怎么不出去玩，罗兰告诉妈自己全身都很疼，而且没有一点儿力气。妈赶忙放下手中的活儿，走到她身边关切地问她哪里疼。

　　罗兰也说不清到底哪里疼，她说："我只是感到浑身都不舒服，腿也特别疼。"

　　"我也全身都疼。"玛丽也说。

　　妈看着她们，说她俩看起来很健康，但是她又觉得她们今天安静得反常，一定是有什么不对劲。她把罗兰的裙子和衬裙撩起来，想看看她的腿为什么疼。突然，罗兰全身抖了起来，牙齿都在打战，发出咯咯的响声。

　　妈用手摸了一下罗兰的脸，大叫到："你的脸像火一样烫！你怎么冷成这样啊！"

罗兰难受得快要哭了，但她拼命忍着，只有小孩子才哭的。她咬着牙说："我现在觉得特别热，后背很疼。"

妈赶紧把爸叫过来，说："查尔斯，你看看孩子们这是怎么了？她们肯定是得病了。"

爸说："卡洛琳，我自己也浑身不舒服，一会儿热，一会儿冷，而且全身疼得要命。孩子们，你们也是这种症状对不对？就连骨头都疼。"

玛丽和罗兰都说她们也是这样的。爸和妈对视了很长一段时间，然后妈说："孩子们，你们赶紧去床上躺着吧。"

罗兰觉得大白天躺在床上很别扭，但她浑身发热，感觉周围的一切都在摇晃。妈帮她脱掉外衣，她搂着妈的脖子问妈自己这是怎么了。

"别担心，没什么大事。"妈温柔地说。罗兰躺在床上，感到稍微舒服一点儿。妈给她盖好被子，用冰凉柔软的手抚摸着她的额头，轻声说："好了，快睡吧。"

罗兰昏昏沉沉的，好长时间都没睡着。在朦胧中她似乎看到爸深夜蹲在炉火旁，可一转眼，强烈的阳光又刺痛了她的眼睛，然后妈在用汤匙喂她喝肉汤。她看到有个东西在慢慢缩小，越来越小，小到看不到，然后它又突然变得特别大，大得让人感到非常恐怖。接着，她又听到两个声音在不停地交错着，一会儿语速越来越快，根本无法听清楚，而另一种声音又慢得出奇，简直让人无法忍受。她不知道说的是什么，只能听见声音。

玛丽也浑身滚烫，躺在罗兰身边。每当玛丽踢开被子，罗兰便冷得大叫起来。接着，她又感觉到浑身发热，这时候爸用颤抖的手端着水杯，水都洒到她的脖子里了。杯子碰得她的牙齿咯咯直响，似乎水并没有流进罗兰的嘴里。然后妈把被子帮她盖好，摸了摸她的脸颊，妈的手也好烫啊。

罗兰迷迷糊糊地听到爸说："卡洛琳，你睡一会儿吧。"

妈说："查尔斯，你比我严重多了！"

罗兰努力睁开眼睛，看见了刺眼的阳光。玛丽哭了起来："我好渴，我想要喝水！给我水！"杰克焦急地在大床和小床之间来回跑着。罗兰看到爸倒在了大床旁边的地板上。

杰克把爪子放到爸的胸前，发出了低低的哀鸣。它用牙齿咬住爸的袖子用力地摇晃。爸微微抬了一下头，说："我必须站起来，卡洛琳和孩子们需要我，我不能倒下。"然后，他的头又垂了下去，躺在那里一动不动了。杰克用鼻子拱了拱爸，低声地呜咽着。

罗兰挣扎着想要站起来，可是她一点儿力气也没有。妈躺在大床上转过头看着她，满脸通红。玛丽不停地哭闹着要水喝，妈看看玛丽，再看看罗兰，用微弱的声音说："罗兰，你行吗？"

"妈，我行。"罗兰说着就从床上爬了起来。可是她刚一站起来，就觉得天旋地转，整个身体像一滩泥一样又倒了下去。杰克用舌头舔着她的脸，浑身颤抖地低声叫着。罗兰靠着杰克坐了起来，杰克稳稳地支撑着她。

罗兰知道她必须给玛丽拿些水喝，这样玛丽就不会哭了。她吃力地向水桶爬去，桶里的水只剩一点儿了。她又开始冷得发抖了，根本就拿不住水瓢。她费了很大力气才艰难地握住了水瓢，舀了点儿水，沿着长长的地板往回爬，杰克一跟在她身边。

玛丽连眼睛都睁不开。她只是抓着水瓢，一口气把水喝光了，她停止了哭泣。水瓢滑落到地板上，罗兰又爬进被窝里躺了下来。不知过了多久，她才觉得暖和起来。

罗兰不时听到杰克的呜咽声和吼叫声。她以为是狼，只是她一点儿也不害怕。她躺在床上感受着浑身的燥热,精神恍惚地听着杰克的狂吠声。之后又听到了那个说话非常快的声音,还有那个说话特别慢的声音。当她再次睁开眼睛时,看到了一张大大的、黝黑的脸。

那张脸黑得像炭一样,还泛着光。眼睛黑而温和,牙齿又白又亮。这张脸在微笑,用低沉的声音温柔地说:"喝了它,孩子。"

罗兰感到有一只手臂环住她的肩膀把她扶起,一只黑黝黝的手端着一只杯子送到罗兰的嘴边。罗兰喝了一口,试着把头扭过去,可那杯子也跟着转了过去。这时候,那个圆润而深沉的声音又响了起来:"喝掉它,你才会好起来。"于是罗兰憋着气把苦药一口气喝光了。

当罗兰再次醒来的时候,看到一个胖墩墩的女人正站在火炉旁生火。罗兰这次才看清楚,她并不是黑人,只是像妈一样被晒黑了。

"可以给我点儿水喝吗?"罗兰问。

那个胖女人马上端来了水。一杯清凉的水下肚,罗兰觉得舒服了许多。她扭头看了看身旁的玛丽,又看看大床上的爸和妈,他们都在熟睡。杰克也趴在地板上睡着了。罗兰问那个胖女人:"请问您是谁呢?"

"我是斯科特夫人。"她微笑着说,"小家伙,你感觉好点儿了吗?"

"是的,谢谢您,夫人。"罗兰很有礼貌地回答。

很快,斯科特夫人又端来了一杯热气腾腾的松鸡汤让她喝下去,"好孩子,把它喝了吧。"

罗兰把这喷香的汤喝了个精光。

"躺下睡吧,孩子。"斯科特夫人说,"我会留在这里照顾你们的，一直到你们病好了为止。"

第二天早晨，罗兰感觉身子轻松多了，想要起床活动。但斯科特夫人让她必须躺在床上等医生来。所以，她又乖乖地躺在床上，看着斯科特夫人打扫房间，给爸、妈和玛丽喂药，接着又轮到了罗兰。她张开嘴，斯科特太太打开一小包药末倒在她的嘴里，罗兰赶忙喝了很多水，但苦涩的味道还是留在口腔里，久久不曾消退。

又过了一会儿，丹尼医生到了，他是位黑人。罗兰还是第一次见到黑人，所以她一直用好奇的目光打量着他。他实在太黑了，要不是因为他帮她看病，她肯定会害怕的。他和蔼地冲罗兰微微一笑，露出一口洁白的牙齿。爸妈跟他愉快地交谈了一会儿，他笑起来非常爽朗。他们想让他多待一会儿，但他还要去给别人看病，所以很快就离开了。

斯科特夫人说住在河边的移居过来的人几乎都得了疟疾，只有极少的人没有被传染，所以她就日夜不停地到各家帮助照顾病人。

她说："你们能挺过来真是太好了，你们一家人全都病倒了。"要是丹尼医生没有发现他们，她真不知道他们一家人会发生什么。

丹尼医生是负责给印第安人看病的。他经过这里时正准备去独立镇。说来也奇怪，杰克一直对陌生人非常警惕，如果没有爸妈的许可，它绝对会把陌生人拒之门外，可它这次竟然主动跑到丹尼医生跟前，求他进屋来看看。

"你们真是病得不轻。"斯科特夫人说。在她过来陪护之前，丹尼医生陪他们待了一天一夜。现在，丹尼医生又赶去给别人治病了。

斯科特夫人说，得这种病都是因为吃了西瓜。她说："我就说，那种西瓜不能吃……"

"你说什么？"爸惊叫道，"吃什么西瓜？"

斯科特夫人说有个移民在河边种了很多西瓜，凡是吃过西瓜的人都得了病。她说她警告过很多人了。"但是，没有人听。"她无奈地说，"他们总是去吃西瓜，现在可好，全都付出了代价。"

"可我们一口西瓜也没吃啊。"爸说。

爸第二天就起床了。第三天，罗兰也下床了，接着妈和玛丽也都好了。他们全都显得消瘦而虚弱，走起路来都打晃，但都可以做到基本的自理了。所以，斯科特夫人就放心地回家了。

妈不知道该如何向斯科特夫人表示谢意，斯科特太太却爽快地说："客气什么！邻居之间互相帮助是应该的。"

爸的面颊凹陷了下去，走路也很缓慢。妈做事时，也需要经常坐下来休息。玛丽和罗兰也没有力气玩耍了。每天他们都要吃那种非常苦的药粉。但妈的脸上还是挂着和蔼的笑容，爸也轻快地吹起了口哨。

爸感叹道："所有善良的人都不会被病魔打倒的！"他现在还干不了活儿，所以他决定在家给妈做把摇椅。

爸从河边找来许多细长的柳木，在家里做起了椅子。因为是在家里干活儿，爸可以随时歇歇，顺便帮妈往炉火里添点儿柴火或是帮妈提水壶。

他先做了四条结实的椅子腿，再用横木把它们固定在一起。接着他把柳木外侧劈成许多长长的薄片，然后把这些薄片来回交错编织成一个椅子的座垫。爸把一根笔直的长树干劈成两半，把其中一根用钉子固定在坐垫的一边，然后从上面弯过去，再把另一端钉在坐垫的另一边，然后用薄木片来回交叉编制，这样就做成了一个高高的弧形椅背。

爸用剩下的那一半树干做椅子的扶手。他把细树干弯成弧形，绕过椅背将两端固定在椅凳上，接着再编上柳条。最后，爸将一段长弯了的柳树干劈成两半，把椅子倒置过来，将那两块弯柳木分别钉在了椅子腿上，使得椅子可以前后摇摆。于是，一把摇椅就做好了。

一家人为此庆祝了一番。妈解下围裙，把一头棕色长发梳理平整，然后把一枚金色的别针别在衣领上。玛丽把那串漂亮的珠子项链给小卡琳戴在脖子上。爸拿来玛丽的枕头放在椅子上当坐垫，罗兰的枕头则用来当靠垫。爸还在枕头上铺上了一床小床上的被子。然后他温柔地牵着妈的手，让她坐到椅子上，又把小卡琳放到了她的怀中。

妈靠着柔软的摇椅，消瘦的面颊泛起红晕，眼中噙着幸福的泪水，但是，她的笑容美丽极了。椅子轻轻摇晃，妈对爸说："哦，查尔斯！我很久没有这么舒服过了。"

爸拿出小提琴，在炉火旁一边拉着曲子一边唱起了歌。妈跟着拍子轻轻摇着椅子，小卡琳一会儿就睡着了。玛丽和罗兰坐在长凳上静静地听着，心中也充满了幸福感。

第二天，爸骑着帕蒂不声不响地出门去了。妈也没问他去哪里。不过他很快就回来了，马鞍上挂着个圆溜溜的大西瓜。

爸好不容易才把西瓜弄进屋里，累得直喘粗气。

"我都不指望能把这西瓜搬回家了。"他说，"足足有四十磅^①重！而我身体太弱了。卡洛琳，给我刀。"

"查尔斯！不能吃！"妈说，"难道你忘了斯科特夫人说过……"

爸大笑起来，他说："她的话没有丝毫的根据啊！西瓜是很好的水果，怎么能跟疟疾扯上关系呢？谁不知道疟疾是因为夜里吹了凉风啊！"

---

① 1 磅 =0.4536 千克。

"可是西瓜不就是在夜晚的风中长大的吗？"妈说。

"别再猜疑了。"爸说，"把刀递给我，我不管它是让人发烧还是让人发冷，我现在就要吃掉它！"

"我敢肯定你会得病的。"妈不情愿地把刀递给了爸。

刀尖刚一切进西瓜里，就发出了清脆的响声，西瓜应声裂成了两半，里面露出了鲜红的瓜瓤，瓜瓤里面嵌着一颗颗漆黑的瓜子。在这样一个炎热的日子里，西瓜看起来更加鲜美可口了。

但是妈坚决不肯吃西瓜，也不许玛丽和罗兰吃。爸只好独自享用，他一块接一块，吃得津津有味。最后他叹了口气，说剩下的西瓜只能喂牛。

第二天，爸就有些不适，又感觉忽冷忽热。妈说一定是昨天吃西瓜的原因。谁知又过了一天，妈也犯了这毛病，他们都被搞糊涂了。

在那个年代，人们根本就无法了解疟疾是一种传染病，这种疾病的传播媒介其实是某些携带着病菌的蚊虫。

第十六章
烟囱起火了

整个草原的景色都变了模样。现在，四下望去都是黄褐色的枯草，其间掺杂着道道红色裸露的土地。风呼啸着吹过高高的草丛。而到了深夜，风还会发出低沉的哀号，听起来就像是有人在哭泣。

爸说这里是个非常不错的地方。以前住在大森林时，每当冬天降临时，必须提前割很多青草，把它们晒干以后囤积在仓库里，以备冬天牲畜们食用。现在在大草原上，太阳早就把草都晒干了。即使到了冬天，马和牛也不愁吃。爸只需储存一点儿草，以备在刮风下雪的日子里有吃的就可以了。

天气转凉了，爸打算去镇子上一趟。因为夏天天气太热，爸担心皮特和帕蒂受不了，它们马不停蹄地一天走上二十英里，也得用两天时间才能走到。爸想尽快回家，所以必须在路程上抓紧时间。

爸割好了一垛干草堆在马厩旁，又劈了冬天要用的柴火整齐地码放在小屋外边。在他出发前，只需要准备足够的肉就可以了。于是，他拿着枪去打猎了。

玛丽和罗兰在门外玩耍。突然从河边的森林里传来一声枪响，她们知道准是爸打中了猎物。

现在吹过的风已经略带寒意了。

成群结队的野鸭沿着河边飞翔、嬉戏。一群大雁从水面飞来，排成"V"字形往南方飞去，领头的大雁叫了一声"嘎——"后面的大雁跟着应和。"嘎——嘎——"的叫声此起彼伏，在天空中回荡。头雁拍打着有力的翅膀引领着方向，其他大雁保持着整齐的队形，紧紧跟着它渐渐远去了。

河边的林子里变得五彩纷呈。白杨树、大枫树和胡桃树换上了金黄色的衣服。橡树的叶子则变成了红色、黄色、褐色和墨绿色。天空不像夏天时那样蓝了，风也越吹越急。

那天下午，起了一阵大风，气温一下子降了下来。妈把玛丽和罗兰喊进屋里，往壁炉里添了些柴火，把摇椅推到炉火前，抱着小卡琳，一边轻轻摇晃一边哼起了柔美的摇篮曲：

> 小宝贝，快快睡，
> 爸出门去打猎，
> 打回几只大野兔，
> 兔皮用来缝棉袄。

罗兰突然听到烟囱里传来噼里啪啦的怪响。妈赶忙停止唱歌，弯下身子朝烟囱上看了一会儿，然后一声不响地站起身，把小卡琳放到玛丽的怀里，跑了出去。罗兰也跟着跑出去看。

烟囱的顶部着火了，上面的树枝烧了起来。大火在风中咆哮，渐渐向屋顶蔓延。妈抄起一根长树枝，试图将大火扑灭，烧焦的树枝掉在她的周围。

罗兰不知所措，也学着妈的样子抓起了一根木棍，可妈大喊着让她躲远点儿。

火势并没有得到控制，反而越烧越猛了，眼看整个屋子都要跟着燃烧起来，而罗兰却什么也做不了。

她跑到屋子里。带着火苗的树枝和烧焦的炭火不停从烟囱上面掉下来，滚到壁炉前的地板上。屋子里烟雾弥漫，一根燃烧的粗树枝滚到玛丽的裙子底下，玛丽吓得一动不动地僵在那里。

情急之下，罗兰抓住摇篮的椅背，使出全身的力气向后拉，总算把玛丽和小卡琳从壁炉跟前拉开了。然后罗兰把地上烧着的树枝扔进了壁炉里。妈这时正好赶了进来。

"罗兰，真是个乖孩子，记住妈的话，千万不能让火留在地板上。"妈说着，飞快地拎起水桶扑灭了壁炉里的火，一股浓烟立刻滚了出来。

妈拉起罗兰的手，问："烧到手了没有？"因为罗兰当时的速度很快，所以没有烫伤。

罗兰知道，自己已经是大孩子了，绝对不能哭，虽然眼泪在眼眶里打转，喉咙里也好像堵住了东西，但她真的没哭。她扎进妈的怀里，紧紧依偎着她。她刚才多么担心妈会被大火伤着啊。

"别哭了，罗兰，"妈抚摸着她的头说，"害怕了吗？"

"嗯。"罗兰说，"我真怕大火会烧伤玛丽和小卡琳，更怕我们的房子会被烧掉，那样我们就没地方住了，现在我还感到害怕呢！"

玛丽好容易才缓过神来，她告诉妈刚才多亏了罗兰把摇椅从火边拉开。罗兰这么小，怎么可能拉动那么笨重的摇椅，就连妈也觉得不可思议。

"罗兰！你真是一个勇敢的孩子！"妈夸奖道。不过，罗兰刚才真是吓坏了。

"这场火没有造成损失。"妈说，"罗兰，多亏了你，我们大家才能平安无事！"

爸回来时，火早已扑灭了。风在只剩下石头泥巴垒的半截烟囱上方呼呼地吹着寒气，屋子里冷飕飕的。爸安慰她们说没关系，他很快会用木头和泥巴砌一个新烟囱，并且会用泥仔细涂好，这样就再也不会着火了。

爸一共打了四只肥鸭子。他说河边的鸭子很多，他能打下一百只。不过，多了他们吃不完也是浪费。他对妈说："卡洛琳，你把野鸭的羽毛留好，等到了冬天我们就能做一床羽绒被了。"

当然，爸还可以捕到鹿，可天气还不够冷，无法保存鹿肉，没等他们吃完鹿肉就会腐坏的。爸还找到了一大群火鸡栖息的地方。"咱们感恩节和圣诞节都能吃上火鸡了。"他高兴地说，"那些火鸡个个又肥又壮，倒时候我去抓几只回来。"

爸吹着轻快的口哨，出去砍了一些木头，拌了一些灰泥，重新砌好了烟囱。妈拔净了鸭子身上的羽毛，然后生起了火。不一会儿，烤鸭的香气飘出来，面包也出炉了。一切又变得温馨舒适。

爸吃完晚饭对妈说，他打算明天一大早就动身去镇上。"反正早晚也得去，不如趁早去把事情办完早点儿回来。"

"是啊，查尔斯，你早点儿去镇上吧。"妈说。

"其实，就算不去，我们也能维持，"爸说，"没有必要为一点儿小东西就往镇上跑。斯科特说印第安人制造的烟草不好抽，但我觉得还不错，明年我要种一些烟草还给他。哎，要是没有借过爱德华的铁钉就好了。"

"可是借了人家的东西还是应该尽早还清。"妈说，"我知道你一向不喜欢问人家借东西。而且我们还需要一些奎宁药备用。虽然我已经很节省了，但是玉米粉也快吃完了，白砂糖也没有了，糖能用蜂蜜来代替，可找不到玉米啊，即使我们要种玉米，也只能等到明年了。再说整天吃野味都腻了，买点儿腌猪肉回来，换换口味也挺不错。还有，我这就给威斯康星州的家人写一封信，你明天帮我寄了，这样他们冬天应该就能收到，等明年春天我们就可以收到回信了。"

"卡洛琳，你说得没错。"爸笑着说，然后他让玛丽和罗兰赶紧上床睡觉。他也打算提前休息了，因为明天还要起早赶路呢。

玛丽和罗兰换上睡衣爬上了小床。爸脱下靴子，拿出了小提琴，轻轻地拉起了一首曲子，温柔地唱道：

> 绿油油的月桂树呀，
> 那么香飘四溢，
> 亲爱的人啊，
> 我怎忍心与你别离——

妈微笑着对爸说："查尔斯，路上一定要小心，好好照顾自己，别担心我们，我们不会有事的。"

第十七章
爸去了镇上

天还没亮，爸就出发了。玛丽和罗兰醒来时，爸早都走远了，屋子里一下子变得空荡荡的，仿佛缺了什么。这种感觉和爸平日里出门打猎完全不同，因为这次爸要四五天才能回来。

小马邦尼在马厩里悲伤地嘶叫着，因为它还太小，不能跟随它的妈妈一块儿到镇上去，这次旅程对一个小马驹来说太长了。玛丽和罗兰和妈待在屋子里，因为爸不在家，门外的世界显得特别空旷，她们不想在外面玩。杰克来回走着，有些焦虑不安。

到了中午，罗兰和妈去马厩里给邦尼喂水喝，把母牛牵出来吃草。母牛现在已经十分温驯，每次都乖乖地跟在妈后面，配合妈挤牛奶。到了挤奶时间，妈戴着遮阳帽准备去挤奶。

就在这时，杰克猛地冲出了屋子，它脖颈和后背的毛高高地竖了起来。接着，她们听见一声惨叫以及打翻东西的咣当声，还有人在大声嚷着："快叫住它！快把你们的狗拉开！"

爱德华先生已经躲到了木柴垛上，杰克正在往上爬。

"它紧追我不放。"爱德华先生一边说着，一边往后退。妈费了好大的劲才赶走杰克。它两眼通红，龇着牙，眼冒凶光。爱德华先生从木垛上走下来，杰克仍然死盯着他。

妈说："非常抱歉，我想它一定知道查尔斯不在家。"

爱德华先生说，狗可比人想的还要聪明得多呢。

原来，爸去镇上的途中正好路过爱德华先生的家，他请爱德华先生帮忙每天过来照应一下。爱德华先生的确是一位好邻居，到了做杂务的时间便过来帮妈做点儿零活儿。可是自从爸离开后，杰克便固执地守着马厩，除了妈绝不许任何人接近马厩。所以，爱德华来家里帮忙时，妈只好把杰克关在屋子里。

爱德华先生离开时对妈说："晚上只要让它待在屋里，你们就安全了。"

大地渐渐笼罩在夜色中，风发出悲伤的呼啸，远处传来了野狼的嗥叫，杰克也低沉地吼叫着。玛丽和罗兰坐在炉火旁依偎在妈

两侧。她们知道杰克会尽职地守护她们，而且妈还把门闩上了。

第二天像第一天一样平安无事。杰克在马厩和小屋之间来回巡视着，都没时间陪着罗兰玩耍了。

下午，斯科特夫人来看望她们。妈把她让到摇椅上坐下，玛丽和罗兰乖乖地坐在一旁，像小老鼠一样安静。斯科特夫人称赞了妈的摇椅。她坐在摇椅里越摇越喜欢，还夸赞妈把家里收拾得整洁干净，看起来非常舒服。

斯科特夫人说，要是我们和印第安人不发生冲突就好了。斯科特先生听到有关印第安人的谣言。"看看，这些印第安人成天四处游荡，从没有为这片土地做点儿什么。不管有没有条约，土地就该归开垦它的人所有，这是显而易见的道理啊！"她说，"老天保佑，希望我们能和印第安人之间和平相处。"

斯科特夫人无法理解政府为什么要与印第安人签订那些条约，她一想到印第安人就很恐惧。她说："明尼苏达州的那场大屠杀我至今记忆犹新。我爸和兄弟们还有村里的人和其他移居者一起参加了这场大战，好不容易在离我们五十英里外的地方阻止了印第安人的进攻。我爸常常给我讲起印第安人是怎样……"

妈赶紧轻咳了一声，打断了斯科特太太的话。她们不应该在小孩子面前提起大屠杀这么恐怖的事情。

斯科特夫人走了以后，罗兰问妈大屠杀是怎么回事。妈说这很难讲清楚，等她们长大了自然就理解了。

爱德华先生晚些时候又过来帮忙了，杰克再次把他逼上了柴堆。妈不得不再次把它拉开，然后对爱德华先生说她也无法理解杰克反常的暴躁，或许是因为不停地刮风吧。

风如鬼哭狼嚎一般，刮得非常凶猛，把罗兰吹得透心凉。每次玛丽和罗兰把木柴运进小屋，牙齿都会冻得直打战。

那天晚上，她们特别想念爸。要是一路顺利的话，爸此刻应该在小镇过夜，到了明天晚上，就会在回途中露宿一晚，这样后天晚上，他就可以到家了。

天亮了，屋外狂风怒吼，天出奇地冷，妈把门关得死死的。玛丽和罗兰围坐在炉火边，听着风在房子周围和烟囱里呜呜地吼叫着。到了下午，她们又开始想念爸。外面这么大的风，爸能赶回来吗？

天黑了，她们又开始担心爸今晚怎么过夜。寒风肆意侵袭着小木屋，虽然炉火烧得很旺，但她们的后背还是冷飕飕的。而此时此刻，爸却在漆黑空旷的大草原上，忍受着寒冷的漫漫长夜。

第四天的日子无比漫长。爸不可能在早上就回来，可是她们却一直盼着爸回家。下午，她们眼巴巴地盯着大河那边的路。杰克也和大家一样不时张望着通向小木屋的路。它绕着马厩和小屋转了一圈，又停了下来，龇着牙望着河边。风依然凶猛地吹着，险些把杰克给吹跑了。

杰克回到屋子里也无法保持安静，拖着尾巴走来走去。它脖子上的毛直直地竖着，偶尔还会出神地望着窗外，甚至冲着门口低吼两声。妈打开了门，但它又不想出去了。

"杰克似乎在害怕什么。"玛丽说。

"瞎说，杰克什么都不怕！"罗兰马上反驳道。

"罗兰！"妈说道，"顶嘴不礼貌！"

过了一会儿，杰克又想出去了。它要去马厩里看看小邦尼、母牛，还有小牛犊是否平安。罗兰很想告诉玛丽，瞧瞧，我刚才说得没错吧，可她只是想了想，并没说出声来。

爱德华先生过来时，杰克早早被妈关进了屋子里。这时候爸还没回家。爱德华先生被一股风猛地推进了屋子，他全身快冻僵了，大口喘着粗气。他赶紧坐到壁炉前取暖，然后才起身去干活儿，干了一会儿活儿，他又跑回来暖暖身子，再出去继续干活儿。

爱德华先生说，今天他经过河边时，看到印第安人正在扎营，他问妈有没有枪。

妈说爸把枪留给了她。爱德华先生说："今天应该很安全。天快黑了，又这么冷，估计他们也不愿意出营地。"

"我想也是。"妈说。

爱德华先生表示，如果妈觉得不放心，他今晚就住在马厩里，只要铺上干草一样温暖舒适。妈听了十分感激他，不过她不想给他添麻烦，况且杰克可以保证她们的安全。

"查尔斯肯定很快就会到家了。"妈说。

于是爱德华先生穿上大衣，戴上帽子、手套和围巾，拿起猎枪回家了。他安慰大家不用担心。

爱德华先生一出门，妈赶快把门关得死死的。尽管天还没有黑，妈还是插上了门闩。玛丽和罗兰趴在窗口眺望着那条通往河边的小路，直到外边黑得什么也看不见。妈关上了木板窗户，爸还是没有回来。

吃过晚饭，她们刷洗餐具、清理完炉灰，爸仍然没有回来。木门、窗户被风吹得嘎嘎作响，风从烟囱里呼呼地刮进来，炉火迅速烧旺，火光熊熊。

玛丽和罗兰一直竖着耳朵，听着外面有没有车轮声。她们知道妈一定也一直在仔细地听着。妈正坐在摇椅上，哼着歌哄小卡琳入睡。

小卡琳很快就睡着了，但妈还在摇着。过了一会儿，妈才脱掉小卡琳的外衣，把她轻轻放在床上。玛丽和罗兰也该睡觉了，但她们还想等爸。

"孩子们，去睡觉吧！"妈说。罗兰求妈让她们再等一会儿，看到爸到家她们才能安心入睡。玛丽也跟着一起央求，妈就没有反对。

她们一直坐在火炉旁，坐了很久很久。玛丽忍不住打起哈欠来，罗兰也跟着打了个哈欠，后来，两人同时打起了哈欠，但她们还是努力睁着眼睛。

罗兰觉得屋子里的东西开始慢慢放大，一会儿又缩得很小。有时候，她发现身边竟坐着两个玛丽，有时又什么也看不见，但她还是想坚持到爸回来。突然，罗兰被扑通一声响吓了一跳，原来她打瞌睡，从椅子上面掉了下来，妈赶忙过来把她抱起来。

她想告诉妈她还不想睡觉，可是她忍不住又打了一个大大的哈欠，差点儿把嘴巴扯成两半了。

罗兰半夜睡醒后猛地从床上坐了起来。妈还静静地坐在炉火旁的摇椅里。门窗砰砰作响，屋外风在呼啸。不知道什么时候玛丽也睁开了眼睛，杰克不安地来回走动。远处忽然传来尖锐刺耳的呼号声，那声音忽高忽低，令人胆战心惊。

"罗兰。躺下好好睡。"妈轻声说。

"妈，你听那是什么声音啊？"

"是风声。"妈说，"听话，罗兰，快躺下吧。"

罗兰躺下了，不过她又睡不着了。她想着爸此刻还在狂风大作的草原上，忍受着寒冷和黑暗，况且河边的峭壁里住着印第安人。突然杰克狂吠起来。

妈坐在摇椅里，把那杆爸留下的枪紧紧握在手中，火光忽明忽暗。她唱起了一首轻柔甜美的歌曲：

在那个遥远的地方，

有个幸福的国家，

圣徒们虔诚礼赞，

荣光如白昼般耀眼，

我听见了天使在歌唱，

荣耀归于主，我们听从您……

罗兰不知不觉又一次进入了梦乡。她仿佛看见天使正和妈一起唱歌，歌声犹如天籁般动听。突然她睁开眼睛，看见爸正站在壁炉前烤火呢！

"爸！爸！"罗兰欢快地叫着，从床上蹦起来扑了过去。

爸的长筒靴上沾满了泥浆，头发被风吹得乱蓬蓬的，鼻子冻得通红。罗兰跑到爸身边时，感到一股寒气扑面而来，钻进了她的睡衣。

"等等，罗兰。"爸说。他用妈的大披肩把罗兰裹起来，然后才紧紧地搂住她。现在一切又恢复了往日的模样。壁炉里的熊熊火光把小屋照得暖暖的，咖啡也散发着香气，妈的脸上绽放出动人的笑容，总算把爸盼回来啦！

妈的披肩很大，爸用另外一端包在玛丽身上。爸费劲地脱下硬邦邦的靴子，到炉灶边烤烤已经冻得僵住的手掌。接着他坐在凳子上，把玛丽和罗兰一起抱到腿上，紧紧地搂着她们。姐妹俩伸着小脚丫在炉火旁烤着。

"呼——"爸舒了一口气，"我以为今天回不来呢。"

妈在爸买回的那一大堆东西里翻找着，终于找到了糖，舀了两匙放进杯子里，对爸说："查尔斯，咖啡煮好了。"

"我出发不久就开始下雨，"爸说，"一直到镇上雨都没停过。轮轴上的泥都冻上了，轮子几乎转不动。我得下车清理一下车轮，让马车继续赶路。敲掉泥巴以后只能往前走一小段路，因为过不了多久，轮子上又沾满了泥巴，我又得下车来清理轴条上的泥巴。就这样，走走停停，我想尽办法让皮特和帕蒂快点儿跑。它们这一路累坏了，你们不知道这风有多大，吹在身上就像刀割一般。"

爸到镇上就起大风了。大家都劝爸等风停了再走，可爸着急想赶回来。

"镇上的人管南风叫西北风，"爸说，"但我真搞不懂，南风竟然会如此冷，这种怪风我还是头一次遇上。"

爸喝完了咖啡，拿出手帕把胡须擦干净，接着说："好舒服啊！卡洛琳！我这会儿才开始觉得暖和起来。"

爸对妈眨了眨眼睛，让妈把桌上的四方形包裹打开。"小心点儿，别摔坏了！"

妈立刻停下，问爸："查尔斯！难道你买了……"

"快打开啊。"爸说。

原来，包裹里面躺着八块方形的玻璃，他们的小屋就要安上玻璃窗啦！爸一路上小心翼翼地保护着它们，玻璃完好无损地被带回了家。妈摇摇头，怪爸乱花钱，可她的脸上却洋溢着幸福的微笑，爸也开心地笑了起来，大家都感到非常高兴。有了玻璃窗，他们在冬天也可以趴在窗口欣赏窗外的风光了，并且温暖的阳光也会照射到屋里来。

爸说没有比这更合适的礼物了，他相信妈、玛丽和罗兰都会喜欢玻璃窗。他没猜错，她们见了玻璃都很兴奋。不过爸带回的礼物不止这个，还有一小袋白砂糖。妈把纸袋打开，玛丽和罗兰好奇地看着那些晶莹剔透的白糖颗粒。妈用小汤匙盛了一点儿让她俩品尝，然后就把纸袋重新包好了。以后他们可以用白糖招待客人了。

在玛丽和罗兰心里，最高兴的还是爸可以平平安安地回家。玛丽和罗兰终于可以躺到床上踏踏实实地睡觉了。只要爸在家，她们就什么也不用怕了。这次爸还买了铁钉、玉米粉、肥猪肉、盐。该买的一样也不差，这样很长一段时间里，爸都不用再去镇上了。

第十八章
高个子印第安人

风持续在大草原上肆虐，片刻也不停歇。三天后，太阳露出了笑脸，温暖的阳光普照大地，风也变得温柔了许多，但空气里已经有了秋天的味道。

骑在马上的印第安人开始频繁地在小木屋附近出没，他们经过时，只当小木屋不存在。

印第安人赤裸着上身，皮肤呈红褐色。他们骑着小野马，连马鞍和笼头都不配，就这样直挺挺地坐在马背上，一双乌黑的眼睛紧盯着前方。

玛丽和罗兰倚在木屋旁，仰头打量着那些人。他们那红褐色的皮肤在蓝天的映衬下显得分外明亮，头顶上是彩线扎起的一绺头发，上面插着羽毛，在晨风的吹拂下微微颤动。他们的脸就像爸做壁架用的红褐色木头。

"我还以为这条小路已经荒废了。"爸说，"要是知道印第安人还走这条路，我就不会把小屋建在这儿了。"

杰克非常讨厌印第安人，妈说这不能怪它。她说："真不知道怎么这么多印第安人在我们周围晃来晃去，只要我一抬头就可以看见他们。"

妈正说着，一抬起头正好看到一个印第安人就站在门口往屋里看呢，他们根本听到他走近的脚步声。

"我的天！"妈倒吸了一口冷气。

杰克悄无声息地冲向那个印第安人，爸一把抓住了它的项圈。

印第安人纹丝不动地站着，完全没把杰克放在眼里。

"好！"印第安人先向爸打了声招呼。

爸死死地抓住杰克，也对他说了一声"好！"然后，爸把杰克拴在了床腿上，印第安人跟在他后面走进了小屋，坐在炉火旁。爸在印第安人的旁边坐下，两个人都保持着沉默，看起来就像是亲密无间的朋友。

妈做好了饭。玛丽和罗兰安静地坐在角落里的小床上，目不转睛地打量着那个印第安人。印第安人一动不动，连头发上那根漂亮的羽毛也不曾颤动，只有赤裸的胸脯随着呼吸在微微起伏，不仔细看根本注意不到。他的皮革绑腿上缀着流苏，鹿皮软鞋上镶嵌着五颜六色的珠子。

妈端上两盘热腾腾的饭菜。爸和印第安人接过盘子默默地吃起来。饭后，爸拿了些烟叶递给印第安人。他们把烟叶装进烟斗里，用壁炉里的炭火把烟草点燃，一声不吭地抽着。

屋子里鸦雀无声。突然，那个印第安人说起话来，可爸摊开手，摇着脑袋表示听不明白。

于是，他们又沉默地坐了一会儿。不久后，印第安人站起身，静静地离开了。

"我的天啊！"妈长长地出了一口气。

玛丽和罗兰跑到窗前，看着那个印第安人把腰板挺得直直的，骑着小马离开了。

爸说那个印第安人不是一般的人物，从他的发饰来看应该是奥塞奇人。

"如果我没猜错的话，他说的是法语。"爸说，"我要能学会一些法语就好了。"

"让印第安人过自己的日子去，"妈说，"我们过我们的。我才不想和印第安人待在一起呢。"

爸安慰着妈："这些印第安人看起来挺友好的，他们在峭壁中扎营，过着平静的日子。我相信只要对他们以礼相待，就能相安无事，不过以后可要小心把杰克管好了。"

第二天早上，爸拉起门准备去马厩。罗兰看到杰克正站在小路上，挺直了身子，脖颈的毛都竖了起来，龇着牙齿。而骑着马站在杰克面前的正是昨天那个高高的印第安人。

印第安人和小马一动不动。杰克的神情清楚地告诉他，只要他敢动，它就会扑上去。印第安人头顶上的羽毛在风中摆动着。

那个印第安人看到了爸，举起枪，对准了杰克。

罗兰跑到了门口，不过爸的速度更快。他一下冲到杰克身边，伸手抓住它的项圈，飞快地把它拖开了。印第安人这才骑着马沿着小路走了。

爸双手插进裤兜，叉着腿站在那里，一直望着那个印第安人渐渐远去的背影，直到消失不见。

"可恶，差点儿出事了！"爸说，"这条路本来就是印第安人的，我们还没搬到这里时，他们就经常在这里走。"

爸做了个铁环牢牢钉进墙里，然后用铁链子把杰克锁在了铁环上。从那天开始，杰克白天被锁在木屋前，晚上就被拴在马厩旁。因为最近这一带有盗马贼出没，爱德华先生的一匹马被偷走了。

杰克整日被链子拴着，变得非常暴躁。它坚持认为那是爸的地盘。不过罗兰明白，如果杰克真的咬伤了一个印第安人，一定会招致一场巨大的灾难。

转眼就到了冬天。草原整日笼罩在阴云密布的天空下，变得灰暗无比。风在草原上徘徊，不停地发出哀伤的呼喊，就像是在寻找着什么，却老是找不到。

爸沿着河边设下了捕兽夹子，白天出去打猎时会去查看一下。现在，夜间的气温已经非常低，鹿肉可以保存很久，爸打了几只野鹿，还捕到狐狸、狼，剥下它们的毛皮。爸的陷阱里也可以捕捉到河狸、麝香鼠和貂。

爸把这些毛皮铺在屋外，摊开让太阳晒干。等到晚上，他再把晾好的毛皮用手揉搓着，直到这些毛皮变得柔软无比，然后就把毛皮捆好放在墙角。毛皮已经堆了很高。

罗兰特别喜欢抚摸红狐狸那厚实的毛皮，也喜欢野狼那粗糙而紧致的毛皮，不过她最喜欢的还是貂皮，简直像丝绸一般光滑柔软。这些兽皮是爸打算等明年开春拿到小镇上去卖的。玛丽和罗兰现在都有兔皮做的软帽了，而爸的帽子是用麝香鼠皮做的。

一天，爸出去打猎还没回来，两个印第安人来了。杰克被拴在屋里，他们就大摇大摆地走了进来。

这两个印第安人浑身脏兮兮的，脸色阴沉。他们野蛮地到处翻箱倒柜。一个印第安人打开了橱柜，把所有的玉米面包都装起来拿走了，另一个人把爸的烟草拿走了。他们看了看爸挂枪的桩子，然后其中一人抱走了墙角的那堆毛皮。

妈紧紧地搂着小卡琳，玛丽和罗兰靠着妈。她们只能眼睁睁看着印第安人拿走了爸好不容易积攒下的毛皮，却束手无策。

那个印第安人还没迈出大门，另一个印第安人对他说了些什么，声音尖锐刺耳，结果那个抱着毛皮的印第安人竟把毛皮扔下就走了。

妈瘫坐下来，用力抱紧罗兰和玛丽。罗兰听到了妈猛烈的心跳声。

"谢天谢地，"妈脸上露出了笑容，"他们没有带走种子和耕地用的犁！"

"我们哪儿来的犁？"罗兰问。

"就是那捆毛皮啊。"妈说，"我们明年要用它去换耕种需要的种子和犁。"

爸一进家门，大家就把白天发生的事一股脑儿告诉了他。爸听了脸色有点儿难看，他说还好，总算没出大事。

晚上，玛丽和罗兰上床躺下了，爸拿出了小提琴。小卡琳还没睡，妈抱着她坐在摇椅里轻轻摇晃，随着小提琴温柔地唱了起来：

> 美丽的阿尔法拉塔，
> 她是个印第安姑娘，

蓝色的朱尼亚塔河从她身旁流过。

坚韧无比的利箭，

在我的箭囊中颤抖着，

轻快的独木舟，

顺着激流而下。

勇猛的武士啊，

他是阿尔法拉塔的心上人，

头上舞动的羽毛骄傲地飘扬在朱尼亚塔河畔。

耳畔响起他温柔而低沉的声音，

但此时，他发出必胜的呐喊，

雷鸣般的声音响彻云霄。

美丽的阿尔法拉塔，

她是个印第安姑娘，

蓝色的朱尼亚塔河从她身旁流过。

飞逝的岁月，

带走了阿尔法拉塔的歌声，

只有那蓝色的朱尼亚塔河依然奔流不息。

妈的歌声随着琴声渐渐消失。罗兰赶紧问："阿尔法拉塔的歌声飘去哪儿了？"

"天哪，罗兰，你怎么还醒着？"妈说。

"我这就睡。"罗兰说，"可是您能不能先告诉我阿尔法拉塔的歌声去哪儿了？"

"我想应该是西部吧。"妈说，"那是印第安人住的地方。"

"那他们为什么都住在西部呢，妈？"罗兰接着问。

"因为他们必须去。"妈说。

"为什么？"罗兰又问。

"因为那是政府的规定。罗兰，赶紧睡觉。"爸说。然后他又接着拉起了轻柔的小提琴曲。

罗兰忍不住又说："爸，我再问一个问题行吗？"

"还有什么问题？"爸打断了她。小孩子不能打断大人说话，不过爸可以这样做。

"政府真的规定印第安人要搬到西部去？"罗兰问。

"对。"爸说，"因为我们白人搬到这里定居了，所以印第安人就必须离开！政府随时会把这些印第安人弄到西部甚至更远的地方去。只有这样，我们才能安安稳稳地住下来。白人将在这片土地上安居乐业。这下你明白了吧？"

"我明白了，爸。"罗兰说，"可是，爸，这里不原本就是印第安人的土地吗？如果真把他们赶走，他们不会被激怒吗？"

"别再问了，罗兰，赶紧睡觉！"爸说。

第十九章
爱德华先生遇到圣诞老人

白天变短了，气温也越来越低。寒风呜呜地刮着，但始终不见下雪。冰冷的雨水连绵不绝地打在屋顶上，顺着屋檐流下。

玛丽和罗兰坐在炉火边。她俩有时做针线活儿，有时用包过东西的纸剪纸娃娃。滴滴答答的雨声总是在她们耳边回响。到了晚上小屋里冷得要命，她们天天都盼着能下雪，可是到了早晨，她们总是失望地看到一地湿漉漉的枯草。

她们把鼻子贴到爸装好的玻璃窗户上，高兴地欣赏着外面的世界。不过，她们更希望能看见外面漫天飞舞的雪花。

圣诞节眼看就要到了，罗兰越来越焦急，她真怕如果不下雪圣诞老人就不能驾着驯鹿雪橇来她们这里了。玛丽担心即便下了雪，圣诞老人恐怕也找不到他们这个偏僻的地方。

"今天是几号了？"她们每天都会问，"还有几天才到圣诞节呢？"然后她们掰着手指算。终于，盼到了圣诞节前一天。

那天早晨天阴沉沉的，雨淅淅沥沥地下。她们觉得今年恐怕见不到圣诞老人了，不过她们没有放弃希望。

到了中午，太阳露出了久违的笑脸，草原上顿时晴空万里。

一颗颗晶莹剔透的水珠挂在枯草上闪闪发光，小鸟们开始欢快地歌唱。妈打开窗户，一阵新鲜清凉的空气扑面而来，远处传来了喧闹的河水声。

她们之前都忘了小河的存在。看来今年的圣诞节泡汤了，因为圣诞老人无法蹚过湍急的河水。

爸打到了一只又肥又大的火鸡。他说要是它没有二十磅重，自己就连同火鸡的羽毛一起吞下去。他对罗兰说："这就是我们的圣诞大餐，罗兰，你看怎么样？你能不能吃下一只鸡腿？"

罗兰说她能吃完，可还是闷闷不乐。玛丽问爸，河水是不是退了。

爸告诉她们水面还在不断往上涨。

妈抱怨着糟糕的天气，她担心爱德华先生会一个人孤单地过圣诞节，这让她有些难过。他们早就邀请他圣诞节来和大家一起庆祝，但现在渡过河流非常危险，爸认为他恐怕不会来了。

当然，这意味着圣诞老人也过不来了。

"你们两个已经非常幸运啦，有这么舒适的小木屋遮风避雨，还有温暖的炉火。到了圣诞夜，还可以吃到肥美鲜嫩的火鸡大餐。"妈温柔地安慰她们，"圣诞老人今年不能来，实在是太遗憾了，不过你们都是乖孩子，圣诞老人不会忘记你们，明年圣诞节他一定会准时来的。"尽管如此，玛丽和罗兰还是高兴不起来。

晚上，她们吃过饭换上了红色的法兰绒睡衣，戴好睡帽，在床前认真地做了祷告，然后就上床了。一点儿节日气氛都没有，她们非常失落。

爸和妈坐在壁炉前，谁也不吭声。过了一会儿，妈问爸为什么不拉小提琴。爸说："哪有心情啊，卡洛琳。"

过了好一会儿，妈突然站起来说："孩子们，我都忘了帮你们挂长筒袜了，或许明早会有什么意想不到的礼物呢。"

听妈这么一说，罗兰心里怦怦直跳，不过想到那咆哮的河水，就觉得根本不会有奇迹发生。妈把玛丽和罗兰的袜子挂到了壁炉的木架上。玛丽和罗兰躺在床上看着。

"好了，宝贝们，快睡吧。"妈亲吻了她们，说，"做个好梦，醒来就到圣诞节啦。"

妈又在壁炉旁坐下来。罗兰迷迷糊糊地听见爸对妈说："卡洛琳，你真不该这么做。"妈说："查尔斯，没事的，我们还有白糖啊。"她也分不清这是不是在做梦。

后来，她听到杰克一阵狂吠，门闩咔嚓响了一下，有人在门外大喊："查尔斯！开门！"爸正在搅动壁炉里的火，赶紧跑去开门。"爱德华！"爸惊叫起来，"快进来，你这是怎么啦？"

罗兰看见袜子还是瘪瘪的，她失望地把脸埋进了枕头里。她听到木柴被填进炉灶里的声音，还听到爱德华先生告诉爸他用头顶着衣服，从河那边游了过来。他的牙齿一直咯咯地直打战，声音也一直在发抖。他说，只要烤一会儿火就好了。

"哦，爱德华，你胆子也太大了。"爸说，"你能来，我们都非常开心，但不希望你冒这么大的风险。"

"可孩子们一定得过圣诞节啊！"爱德华先生说，"那条小河算得了什么。我去了趟镇上，给她们带来了礼物！"

罗兰赶忙从床上坐起来，大声问："这么说您看到圣诞老人了？"

"当然见到了。"爱德华先生笑着说。

"在哪儿看到的？他还说了些什么？有没有让您给我们带礼物？"玛丽和罗兰几乎同时大声喊道。

"哦，等等。"爱德华先生笑起来。妈说圣诞老人让她先把礼物放进长筒袜，不许她们偷看。

爱德华先生走到她们的床边，坐下来耐心地回答她们的问题。她们老老实实地待在床上，没有去看妈在干什么。

爱德华先生跟她们说，他昨天发现河水涨了起来，就想到今年圣诞老人没法来了。"但是您过来了呀。"罗兰说。"因为我高高瘦瘦的，才能游过来。但是圣诞老人年纪很大了，而且他太胖了，所以根本游不动啊。"爱德华先生回答，"要是圣诞老人过不了河，他就没办法从镇上到这边的大草原来了。况且到了这边，他还得回去呢！"

所以，爱德华先生就徒步走到了镇上。玛丽问："您顶着这么大的雨去的？"爱德华先生说，他穿着橡胶雨衣。他到了小镇，就在街上碰到了圣诞老人。

"白天碰到的？"罗兰有点儿困惑，因为没人能在白天看见圣诞老人。爱德华先生说是晚上碰到的，街边酒店灯火辉煌，所以有灯光照射在街上。

圣诞老人看见了他，跟他打招呼。"喂，爱德华！"

"他认识您吗？"玛丽问。罗兰也跟着问："您怎么能确定他就是圣诞老人呢？"爱德华先生说，圣诞老人认识天下每一个人。而且他认识圣诞老人的大胡子。圣诞老人有着密西西比河以西最长、最密、最白的胡子，所以他一下就认出来了。

然后，圣诞老人对他说："嗨，爱德华！我上次在田纳西州见到你的时候，你正在一堆玉米壳堆起的床上呼呼大睡呢。"爱德华先生清楚地记得那次他得到了一双红色的绒线手套。

圣诞老人还对他说："我知道你现在住在弗迪格里斯河下游。有两个小姑娘你认识吗？她们叫玛丽和罗兰。"

"当然认识，而且我还和她们特别熟呢！"爱德华先生高兴地说。

圣诞老人告诉他："我很牵挂她们。她们两个都是可爱的乖女孩，我知道她们一定在盼我去，我真不忍心让她们失望。可现在河水上涨我游不过去啊。爱德华，你愿意帮我把礼物带给她们吗？"

"这是我的荣幸。"爱德华先生说。

然后，圣诞老人带爱德华先生走到一头骡子跟前。

"他不是坐着驯鹿拉的雪橇吗？"罗兰问道。玛丽说："他没法骑驯鹿，因为没有下雪。"爱德华先生说："的确是这样，圣诞老人到西南地区来，都是用骡子拉车的。"

圣诞老人把手伸进包裹翻了一会儿，取出了送给玛丽和罗兰的礼物。

"哦，什么礼物啊？"罗兰激动地问道。

而玛丽却问："然后圣诞老人做了什么？"

爱德华先生说，圣诞老人和他握了握手，摸摸白胡子，就一下跳到骡子拉的车上。真没想到他那么胖，动作却非常敏捷。

"再见，爱德华。"他赶着骡子一下子就消失了。

玛丽和罗兰都没有说话，她们沉浸在了当时的情景中。

这时，妈说："你们不想看看圣诞老人送了什么礼物吗？"

罗兰看到长袜子里有什么在闪闪发光，她激动地尖叫起来，玛丽也跟着跳了起来。罗兰抢先跳下床冲向壁炉。原来袜子里面装着一只亮晶晶的锡杯，玛丽也得到了一只和罗兰一模一样的杯子。

从今往后，她们不用再共用一个杯子喝水了。罗兰高兴地满屋子蹦，开心地笑着、叫着，玛丽却静静地看着自己的新杯子，眼睛里闪烁着光芒。

然后，她们又从袜子里摸出了两根长长的棒棒糖，糖果上有着红白相间的条纹。她们出神地望着棒棒糖，怎么看都看不够。罗兰终于忍不住伸出舌头舔了一下，不过，只有那么一小下而已。但玛丽连一下都没有舔。

袜子里还有东西。玛丽和罗兰又摸出了一个小纸包，里面是一个心形蛋糕。褐色的蛋糕上撒了一层白糖，晶莹剔透，就像一层雪花。蛋糕漂亮得像工艺品，玛丽和罗兰瞧了又瞧，都舍不得吃掉。罗兰还是没忍住，在蛋糕后面咬了一小口，发现蛋糕里面竟是白色的，是用纯白面粉和白糖做成的。

玛丽和罗兰不再看袜子里还有什么了。因为有了杯子、棒棒糖和蛋糕，她们已经心满意足了。妈提醒她们："你们确定袜子里没有礼物了吗？"

她们听了又把手伸了进去。在袜子的最底下，竟然还藏着一枚亮闪闪的一美分硬币！还是新的呢！

她们真是做梦也想不到自己可以拥有一枚新硬币！有了新杯子、糖果、蛋糕之后，她们还有一枚新硬币！这些都让她们喜出望外。

像这么令人兴奋的圣诞节，她们还是第一次过呢！

现在，罗兰和玛丽应该去感谢爱德华先生带来这么珍贵的礼物，但她们完全沉浸在得到礼物的喜悦中，早已把爱德华先生抛到脑后，甚至连圣诞老人也给忘了。

于是，妈提醒道："你们不感谢爱德华先生吗？"

"谢谢您，爱德华先生，真是太谢谢您啦！"她们满怀感激地说道。爸使劲地握住爱德华先生的手，握了又握。爸、妈和爱德华先生的样子好像都要哭了。罗兰无法理解大人们为什么会这样，只好低下头看着自己心爱的礼物。

突然，罗兰听到妈惊讶地叫了一声。她抬起头，看到爱德华先生从口袋里掏出一些红薯。他说在河里游的时候，把红薯放在了头上，正好可以保持身体的平衡。他想大伙儿在吃完火鸡以后，可能会想吃一点儿甜甜的红薯吧。

爱德华先生从镇上带回来九个红薯。"爱德华，太感谢你了！"爸激动得不知如何感谢他才好！玛丽和罗兰太兴奋了，连早餐都没心思吃。她们只用新杯子喝了一些牛奶，兔子肉和玉米粥一口没吃。

爸看了有点儿着急。"查尔斯，没事的，过一会儿就该吃午餐了。"妈笑着说。

圣诞午餐有肥美鲜嫩的烤火鸡，还有烤熟的红薯，之前已经把红薯洗干净了，所以可以连皮一起吃。妈还用剩下的白面做了一条面包。

吃完饭以后，妈拿出黑莓干和蛋糕，这些小蛋糕是用红糖做的，上面没有闪闪发亮的白糖。

丰盛的午餐吃完后，爸、妈和爱德华先生坐在炉火旁边，聊起了在大森林和田纳西州过圣诞节的情景。玛丽和罗兰一直欣赏着漂亮的蛋糕，拨弄着亮闪闪的硬币，还用新杯子喝着水。那根棒棒糖因为被罗兰舔了好多下，前端都变得尖尖的了。

真是一个快乐的圣诞节啊！

第二十章
深夜里的尖叫声

白天越来越短，天空灰蒙蒙的。到了晚上，四周一片漆黑，寒冷刺骨。厚厚的云层低低地压在小木屋上空，在荒凉的大草原上无限延伸。雨下个不停，有时，风中还裹挟着一些雪花，在空中飞舞，最后落到枯黄的草叶上。第二天，雪就融化了。

爸每天都去外边打猎。玛丽和罗兰就待在温暖的小屋里帮妈做家务，缝补碎布被子，或者陪卡琳玩拍手游戏、藏顶针游戏和翻绳游戏，有时也玩热豆粥的游戏——就是两人面对面坐着，先拍拍自己的手，再拍一下对方的手，一边拍一边说：

热豆粥，

凉豆粥，

熬了九天的豆子粥。

有人爱喝热豆粥，

有人爱喝凉豆粥，

有人喜欢留在锅里的，

那熬了九天的豆子粥。

有人喜欢留在锅里的，

我爱喝热豆粥，

我也爱喝凉豆粥，

还喜欢留在锅里的，

熬了九天的豆子粥。

是啊，没有比浓稠的豆粥更好的晚餐了。爸每天打猎回来又冷又饿，妈总会递给他一碗香喷喷的豆粥，让他暖暖身子解解乏。罗兰喜欢吃热豆粥，也喜欢吃凉的豆粥，而且就算放了很久，都是一样美味可口。不过她们从来没吃过煮了九天的粥，因为妈每次煮好的粥都会很快被吃完。

风刮个不停，似乎不知疲倦，所以大家也就渐渐习惯了。就是在晚上，大家睡着了也能听到它的吼声。

可是有一个晚上，他们被一声恐怖的尖叫声惊醒了。爸从床上跳了起来，妈问："查尔斯，是什么声音？"

"是个女人的尖叫声。"爸匆匆穿好衣服，"好像是从斯科特先生家那边传过来的。"

"天啊，不会出什么事吧？"妈说。

爸匆匆地蹬上马靴，说："可能是斯科特生病了。"

"难道是……"妈小声说。

"不可能。"爸说，"印第安人不会惹是生非的。他们一直住在峭壁那边，过着平静安稳的生活。"

罗兰刚要下地就被妈制止了。"罗兰，躺下睡觉！"妈说。她只好乖乖地躺下了。

爸穿上那件保暖的格子大衣，戴好帽子和围巾，然后点亮了灯笼里的蜡烛，拿上枪，就匆匆出去了。罗兰趁爸转身关门的时候，往屋外看了一眼。外面漆黑一片，天空中一颗星星都没有。她还是第一次看到这么黑的夜呢。

"妈！"罗兰喊道。

"罗兰，你怎么了？"妈问。

"为什么外面这么黑？"

"大概是暴风雨快来了吧。"妈回答道。她把门闩好，然后往炉灶里添了一些木柴，又躺到了床上。"玛丽、罗兰，快睡吧。"妈说。

不过，妈没有睡着，罗兰和玛丽也没有一点儿睡意。她们睁大眼睛，仔细听着外面的动静，可是除了风声之外，什么也听不到。

玛丽把头缩进被子里，小声在罗兰耳边说："真希望爸能快点儿回来。"

罗兰默默地点了点头，不知道该说些什么。她似乎看到爸拎着灯笼沿着河边的小路走向斯科特先生家。灯笼发出微弱的光芒，似乎随时会被无边无际的黑暗吞没。

过了好久，罗兰小声说："天快亮了。"玛丽点了点头。她们就这样一直躺在床上，听着外面的风声。爸还没有回来。

冷不丁，那种可怕的尖叫声再一次响起，听起来仿佛就在小屋附近。罗兰尖叫着跳下了床，玛丽紧紧用被子捂着脑袋。妈也起来了，她迅速穿好衣服，又去给火炉添加了一些木柴，然后让罗兰赶快回床上去。可是罗兰央求妈让她等爸，妈就不勉强她了。

"把披肩披好。"妈说。

罗兰和妈在炉火边坐着。她们听着屋外风声大作，没有丝毫睡意。

突然，响起一阵急促的敲门声。"卡洛琳，快开门！快！"爸高喊着。

妈跑过去打开门，爸一个箭步冲进屋，飞快地把门关上了。他上气不接下气，把帽子往后一推，大声说："天哪，吓死我了！"

"怎么了，查尔斯？"妈问。

"我遇到了豹子。"爸说。

爸说他到了斯科特先生家，看见房子黑着灯，周围很安静。他拎着灯笼绕着房子查看了一圈，并没有发现什么异样。爸突然觉得自己傻得可笑——竟然大半夜从床上爬起来，不顾天寒地冻跑了两英里，就因为听到风的尖叫。

爸不想吵醒斯科特先生和他的太太。于是，他转过身往家赶。突然间，他又听到了悬崖下面传来可怕的尖叫声。

"我的头发一下子都竖了起来，帽子都被顶起来了。我就像只受惊的兔子，撒开腿往家狂奔。"爸说。

"爸，你看到豹子了是吗？"罗兰紧张地问。

"对，它就在悬崖边一棵树上趴着。"爸说。

"那它是不是一直追着你跑到了门口？"罗兰问。

"我不知道，罗兰。"爸长呼一口气说。

"哦，查尔斯，你安全回来就好！"妈说。

"是啊，我也觉得自己很幸运。这样一个漆黑的夜晚，后面还跟着一只豹子，想想都后怕。"爸说，"罗兰，帮我把脱靴器拿来。"

脱靴器是爸用一块薄薄的橡木板做成的，一头有个凹槽，中间装着一个楔子。罗兰把脱靴器放在地板上，让有楔子的一面朝下，脱鞋器有凹槽的那端就翘了起来。爸把一只脚踩在楔子上，另一只脚放在凹槽里，凹槽会牢牢撑起靴子，爸的脚用力一拔，靴子就脱下来了。接着他又用同样的方法脱掉了另一只靴子。不管靴子和脚贴得多紧，用脱鞋器都可以轻松地把靴子脱下来。

罗兰在一旁看着，然后问爸："豹子会伤害我们吗？"

"是的，罗兰。"爸说，"豹子喜欢袭击小孩子，把他们咬死当食物。所以这几天你和玛丽必须待在家里，直到我把它打死才能出去。等天亮了我就拿枪去找它。"

第二天，爸一大早就扛着枪出去寻找那只豹子了，他花了几天的时间才发现豹子的踪迹，还看到一只被啃食过的羚羊遗骸，可总是无法看见那只豹子。因为豹子可以在树上跳来跳去，所以很难寻找到它的足迹。

爸说不捕杀到那只豹子，他会一直担心两个女儿的安危。

可是爸没杀掉那只豹子，也不再去寻找它了。直到有一天，他在森林里遇见一个印第安人。他们面面相觑，无法交流。后来，那个印第安人指着豹子的足迹，用枪比画着，意思是豹子被他杀死了。

总算平安无事了，爸终于可以放心了。

罗兰问爸，那只豹子是不是会把印第安人小孩咬死吃掉？爸告诉她肯定会，可能就是因为这样，那个印第安人才会杀死那只豹子。

第二十一章
印第安人的狂欢

冬日的严寒终于过去，气温逐渐升高，风声柔和了许多。一天，爸看见一群大雁向北飞去。爸该到镇上去卖掉毛皮换商品了。

妈担心地说："印第安人离我们太近了！"

爸说："他们都非常友好。"爸在森林里打猎时经常会遇见印第安人，他一点儿也不害怕。

"不一定啊！"妈有些反感地说。罗兰知道妈害怕印第安人。"但我知道你必须去镇上买犁和种子，查尔斯。"妈说，"你一定要快去快回啊！"

第二天早晨，爸就驾着马车去镇上卖毛皮了。

玛丽、罗兰开始掰着手指头数着无比漫长的日子。一天，两天，三天，四天，爸还没有回来。第五天早上，她们一直望着门前的那条小路，等着爸回来。

那天天气晴朗，虽然风中依然带着一丝凉意，但春天的气息已经势不可挡。湛蓝的天空中，野鸭和大雁的叫声遥相呼应，许多鸟在高高的天空中像由黑点组成的一根根长线，向着北方飞去。

玛丽和罗兰在户外玩耍，杰克只能眼巴巴地看着她们。它一直被链子拴着，再也不能跑出来玩了。玛丽和罗兰尝试不停地安慰它，但它还是一副闷闷不乐的样子。它只想像从前一样恢复自由。

这天早上爸还没回家，到了中午，仍然没回来。妈说，爸把毛皮卖完得花一些时间。

姐妹俩玩起了跳房子的游戏。她们用小树枝在土地上画上一条线。玛丽觉得这个游戏太幼稚了，她都八岁了，不应该再玩这种游戏。可是罗兰不厌其烦地劝她说，如果爸从河那边走过来，她们马上就能看见。玛丽也只好妥协，陪罗兰一起玩了起来。

忽然，玛丽停止跳跃，说："什么声音？"其实罗兰也听到了，她认真听了一会儿，说："好像是印第安人的声音！"

玛丽一动不动地站在那里发愣，她一直都很害怕印第安人。罗兰倒不怎么害怕，只是觉得那声音非常奇怪，听起来有点儿像是斧头在砍树，又有点儿像狗在吠叫，又似乎是在唱歌。但那种歌曲和罗兰经常听到的歌曲完全不同。那是一种铿锵有力的声音，并不是生气的怒吼声。

罗兰还想听得再真切些，可是那声音被山、树林和夹杂的风声挡住了，而且杰克一直在狂叫。

妈走出小屋，仔细听了一会儿，就赶紧把玛丽和罗兰叫回去了，还把杰克也拉回了屋里，关上门并把门闩的绳子拉进来。

姐妹俩一直趴在窗边往外看，仔细地听着。但进了屋子以后，声音就更不清楚了，不过一直断断续续地传来，从未停止。

妈和罗兰早早做完了家务。她们把邦尼、母牛和小牛牵回马厩拴好，然后上锁。妈把挤好的牛奶提到屋里，又去井边打了一桶清水，玛丽和罗兰抱了几捆木柴进屋。那怪叫声还在持续，这会儿似乎越发响亮了，节奏也越来越快，罗兰的心跳都跟着加快了。

大家回到屋里，妈把门关严了。她们要一直待在家里，直到明天天亮才会再去外边了。

夕阳渐渐西下，落日的余晖将草原西边的天际晕染得一片通红。小屋里有些昏暗，壁炉里的火焰在闪烁跳动，妈开始做晚饭了。玛丽和罗兰依然守着玻璃窗向外张望。不一会儿，外面的景物渐渐模糊起来，天空变成灰白色。刚才那奇怪的声音不断从河边传过来，并且越来越快，越来越激情澎湃。罗兰的心都快跳出来了。

忽然，她激动地叫起来，因为她听到了马车的声音！她连蹦带跳地去开门，可她根本打不开。妈让罗兰待在屋里，她自己打开门出去帮爸把东西抱进了屋。

爸抱着满满一堆东西走进了屋。玛丽和罗兰扑过去，拽着他的衣袖又蹦又跳。爸大笑着说："嘿！嘿！别把我拉倒了。你们当我是棵大树吗？"他把东西往桌上一摊，回过身猛地抱住罗兰，高高抛起来，再紧紧地抱住。然后，他把玛丽也紧紧搂进了怀里。

"爸，你听这声音。"罗兰说，"印第安人为什么会一直发出这种奇怪的声音呢？"

"他们在举行一次大聚会。"爸说，"我从河边回来的时候就听见了。"

爸又出去把马解下来，给它们喂了一些玉米和水，然后把剩下的东西都抱了进来。新买回来的犁放进马厩，种子全都放到屋子里。

爸买了糖，不过这次只有红糖，因为白糖太贵了。爸还买了白面、玉米面、盐和咖啡。爸也买了一些土豆，罗兰真想吃上一块，但这些土豆是用来种的。

接着，爸又喜滋滋地拿出了一个小纸袋，里面装着饼干！然后，他又打开了一个纸袋，拿出一瓶翠绿的泡黄瓜，摆在饼干的旁边。

"今晚我们可以痛快地美餐一顿了。"爸高兴地说。罗兰开始流口水了。妈温柔地看着爸，因为爸没有忘记妈一直想吃酸黄瓜。

爸带回来的东西还不止这些。爸把一个小纸包递给妈，看着她打开。里面是一块漂亮的印花布，她可以做一身新衣服啦！

"啊，查尔斯，你真不该这么浪费！这个一定很贵吧！"妈说。可是她和爸的脸上一直绽放着幸福的笑容。

爸把帽子、围巾和格子大衣脱下来挂好，朝玛丽和罗兰看了看，什么都没有说，坐在壁炉前，伸出腿烤火。

玛丽乖乖坐在爸身边，双手叠着放到膝盖上。罗兰却爬到爸的腿上，攥着小拳头轻轻捶着爸，喊道："我们的礼物呢？在哪儿？快给我嘛！"

爸哈哈大笑起来，说："咦，我的衣兜里怎么鼓鼓囊囊的？"

爸取出了一个纸包，然后慢慢打开。"先给玛丽，因为你有耐心。"爸说，然后递给玛丽一个精致的发卡，又对罗兰说："这是你的，小淘气包。"

两支发卡一模一样，都是用黑色橡胶制成的，弯弯的，像月亮一样。发卡上有着弯曲的小齿，这样就可以牢牢地固定在头发上面。在发卡的正中央刻着一颗镂空的星星，下面还有一条漂亮的丝带，颜色可以从镂空处透出来。玛丽的丝带是宝蓝色的，罗兰的丝带是红色的。

妈把她们的头发梳理整齐，戴上发卡。玛丽那一头金发上有一颗宝蓝色的星星，而罗兰的棕发上有一颗红色的小星星。

罗兰和玛丽互相看着，都开心地笑起来。这是她们第一次收到这么精致漂亮的礼物。

"查尔斯，你没给自己买礼物，是不是？"妈说。

"那一副犁就是我买给自己的啊。"爸说，"等天气变暖以后，我就要耕地了。"

爸平安回来了。那是个非常愉快的晚上，大家一边吃一边聊。几个月来，他们一直吃着野鹿肉和火鸡，早已经吃腻了，现在吃着油煎的培根，还有香脆的饼干和绿绿的黄瓜泡菜，味道真是美极了。

爸给大家讲他买回来的各类种子。有萝卜、胡萝卜、洋葱、白菜种子，还有豌豆、大豆种子，玉米、小麦、烟草、土豆种子，对了，还有西瓜种子呢！他对妈说："卡洛琳，这块土地多么肥沃啊，等我们种满庄稼，往后的日子就像国王一般衣食无忧了！"

他们几乎忘记了印第安人的盛大聚会了。窗户已经关紧，风还在烟囱里打转，然后在房子四周回荡。不过他们早就习惯了，也就不感到恐惧了。

风稍微一停，罗兰又听到了印第安人的歌声。

妈接着和爸聊天，罗兰安静地倾听着。爸告诉妈，他去镇上时听到政府会把白人拓荒者迁出印第安保留区，因为印第安人很早之前就向华盛顿政府提出了上诉，华盛顿当局经给了他们承诺。

"哦，查尔斯，不！"妈惊呼，"我们在这里花费了多少心血啊！"

爸说他不相信那些传闻："政府一定会想办法让拓荒者获得属于自己的土地。我还听说，华盛顿当局要让印第安人迁徙到西部去，这样移民过来的人们就可以获得这片土地了。"

"希望政府赶快把这件事决定下来。"妈说，"好了，不说这些了。"

罗兰和玛丽躺在床上，却怎么也睡不着。爸和妈坐在壁炉前，借着炉火的光读着报纸。这是爸买来的关于堪萨斯州的报纸，他正读给妈听。报纸上说政府不会让白人拓荒者迁出印第安保留区，这证实了爸的观点。

风声渐弱的时候，罗兰又隐约听到印第安人喧闹的声音。那种声音越来越大，罗兰觉得自己的心脏越跳越快了。

第二十二章
大火燎原

春天姗姗来迟，那温暖而芳香的气息拂面而来，沁人心脾。阳光明媚，万物生机勃勃。朵朵白云在洁净的高空中飘浮着，淡褐色的云影投在了草原上，灰褐色之外都是柔和的灰白色。

爸把犁套在皮特和帕蒂身上，开始耕地了。草原上的土地被遍布的草根咬得很紧，皮特和帕蒂使出浑身的力气拖着犁，那长长的草根才一点儿一点儿被锋利的犁车翻了起来，泥土上留下了一道狭长的沟。

枯草又高又密，它们的根紧紧地缠绕着土地。爸犁过的地还不能耕种，因为被翻过的土块上布满了草根，到处都是枯草。

不过爸还是赶着皮特和帕蒂努力地犁地。爸说，今年先种土豆和玉米。枯草和草根到明年就会腐烂，再过个两三年，这块地就会非常肥沃了。爸喜欢这块耕地，因为地里连一棵树、一个树桩和一块小石头都没有。

最近一段时间，在罗兰家屋子门前的那条印第安人的小路上，总有大量的印第安人骑着马经过，到处是印第安人的身影。他们在河边的树林里打猎，枪声一直在林中回响。草原一眼望去，平坦无边，但实际上并非如此，没有人知道这里面到底隐藏着多少印第安人。空地上有时会突然冒出几个印第安人，把罗兰吓一跳。

印第安人频繁地光顾罗兰家。这些人有些看起来比较和善，有些则暴躁粗野。他们都是来索要食物和烟草的。妈怕得罪他们，所以他们要什么就让他们拿走。只要印第安人指着什么东西咕哝一声，妈就马上去把那样东西拿给他们。不过，妈已经把家里大部分食物藏在了安全的地方，还上了锁。

杰克始终很凶，甚至对罗兰也不友好。它一直被链子拴着，充满敌意地盯着印第安人。玛丽和罗兰已经对印第安人司空见惯了，她们完全不怕了，但她们还是觉得爸在身边会比较安全。

一天，玛丽和罗兰正帮着妈准备午餐，小卡琳在阳光照射的地板上玩耍，屋里猛然暗了下来，太阳被遮住了。

"暴风雨就要来了。"妈朝窗外看了一下说，罗兰也向外看去。只见南边升起一大团浓重的黑雾，太阳完全没了踪影。

皮特和帕蒂从田里跑了回来。爸拖着犁，跟在它们后边一路小跑。

"草原起火了！"爸嚷着，"快打桶水来，把麻袋浸湿！快啊！"

妈跑到井边，罗兰也跑了出来，把木桶拖到井边。爸把皮特拴在房子前面，把母牛和小牛关进马厩里，又把邦尼拴到屋子后面。妈快速地吊上一桶又一桶水，罗兰跑去拿爸从马厩里扔出的麻袋。

爸拉着犁，催促皮特和帕蒂快点儿拉。天色已经变黑，就像太阳落山一般。爸在房子西边和南边分别犁出一道沟，东边也犁了一道。一只只兔子从他的身旁跃过去，仿佛没有看到爸似的。

皮特和帕蒂拉着耕犁吃力地奔跑，爸扶着犁气喘吁吁跟在后面回来了。爸把它们跟邦尼拴在一处。桶里盛满了水，罗兰帮妈把麻袋放进桶里浸湿。

"卡洛琳，还有一条沟来不及犁了，"爸说，"火势蔓延的速度比马跑得还快，我们得快一点儿！"

爸和妈抬起木桶，一只野兔嗖地从上面跃过。妈让罗兰待在屋子里，不许出来，然后她和爸吃力地把水抬到刚刚犁好的沟边。

罗兰紧紧地贴在屋子的墙壁边，看见熊熊大火迅速向这边蔓延。受惊的野兔四散逃窜，完全不顾杰克在那里，杰克似乎也没有把它们放在眼里。杰克盯着熊熊大火，浑身抖作一团，不停地叫着，靠近了罗兰。

风声大作，助长了火势。成百上千只鸟拼命拍打着翅膀飞着，无数只兔子蹦跳着逃往没有着火的地方。

爸沿着犁沟点燃了犁沟外围的枯草，妈跟在他后面，用湿麻袋抽打越过犁沟的火苗。整个草原上，到处可以看见飞奔的兔子，蛇蜿蜒爬过屋前，松鸡伸长脖子，拼命拍打着翅膀，奋力奔跑着，鸟在怒吼的风中凄厉地尖叫。

爸在屋子四周的犁沟外面都点上火以后，就和妈一起用湿麻袋扑火。火势凶猛，很快就烧到了沟内的干草，爸和妈用尽全力扑灭企图跨越犁沟的火焰。那些烧进圈里稍微小一点儿的火苗，他们就用脚把它们踩灭。他们在浓烟里不停奔跑，与火焰斗争。

狂风卷着大火扑了过来，火熊熊地燃烧着，跳跃的火舌蹿入高空，又被风吹落在地，点燃了火墙前方的枯草。头顶上不断翻腾的黑烟中经常会有火光一闪而现。

玛丽紧紧拉着罗兰的手躲在墙角，不停地打着哆嗦。小卡琳待在屋子里。罗兰想去帮忙，可她脑子里嗡嗡作响，就像大火在怒吼燃烧一般。她的身体不停地颤抖，被熏得直掉眼泪，鼻子和嗓子也感到阵阵刺痛。

杰克一直狂叫着，邦尼、皮特和帕蒂不安地撕扯着缰绳，发出尖锐的嘶鸣。跳动闪耀的火焰跑得比马还快，四周都舞动着燃烧的烈火。

爸点燃的火焰已经把草地烧焦了一圈，火焰逆着风缓慢地往后退，只在一瞬间，就被大火吞没了。

风一下把火卷到了半空中，发出噼里啪啦的尖叫。小木屋四周被大火包围了。

可是很快，一切就结束了。大火绕过了小木屋，继续向前蔓延。

爸和妈用湿麻袋抽打着散落的小火苗。等全部都扑灭后，妈才走进屋子里，洗手、洗脸。她浑身都是烟灰和汗水，身子还在发抖。

妈对玛丽和罗兰说没事了。"屋子周围黑色的隔离带救了我们。"妈说，"结果还算好。"

空气中那股浓浓的烧焦的味道久久无法驱散。放眼望去，草原变成了光秃秃、黑乎乎一片，一缕缕细烟升起，灰烬四处飞扬。大草原到处都显得那样凄惨苍凉。不过，这场大火没有给他们造成任何损失。

爸说能够从这场大火中死里逃生，真是太幸运了。他问妈："假如我去镇上时，你们碰到这样的大火可怎么办啊？"

"那我们就跟着鸟、兔子一起跑到河边去。"妈说。

草原上的动物都知道该怎么逃生。遇到大火，它们就会拼命逃离火场，到有水的地方去。只有土拨鼠不用跑，因为它们可以钻进深深的洞穴里躲藏。火熄灭以后，它们就探出头来，好奇地巡视着被火烧得光秃秃的大草原。

没过多久，鸟从河边的山谷里飞回来，野兔也成群结队地跳出来四下张望着。又过了一会儿，蛇才爬了出来，松鸡也开始四处走动了。

当晚，爱德华先生和斯科特先生都赶来看他们。他们非常不安，怀疑是印第安人故意纵火的，目的是想赶走白人。

爸却不这么认为。他说，印第安人经常放火烧枯草，青草就长得更快，而且走起路来也更方便。在又高又密的草丛里，他们的小马跑不起来。况且野草被烧掉，爸犁地就轻松许多，这么看未尝不是一件好事。

他们聊天的时候，从印第安人营地那边又传来嘈杂的击鼓声和呐喊声。罗兰像一只受惊的小老鼠一样安静地坐在门前，静静地听大人们的讨论声和印第安人的吼叫声。

爱德华先生说，附近的印第安人太多了，他越来越不喜欢这里了。斯科特先生也说，那么多印第安人为什么天天聚在一起，他们肯定是在计划着怎么对付白人。

"印第安人没有一个是好人。"斯科特先生说。

爸不同意他的话，他觉得只要他们没有触犯印第安人的利益，双方就能够相安无事。印第安人曾屡次被迫离开故土往荒凉的西部迁移，讨厌白人也是情有可原的。但是，白人的军队就驻守在离这儿不远的吉布森堡和道奇堡，印第安人不敢轻举妄动的。

"至于他们为什么都要聚集在这里，"爸说，"我打听过了，他们正在为春季猎牛活动做准备。"

爸说，现在六个部落的印第安人都聚集于此。各个部落之间平日总会出现冲突，可每到春季都会言归于好，因为大家要齐心协力猎杀野牛。

"在这个非常时期他们立下誓言要和平共处，一起制订追捕野牛的计划，哪有心思对付我们呢？他们会不断地聚会，一起商量，接着出发去追捕野牛。用不了多久，野牛群会沿着水草茂盛之处朝北边迁徙。那将是多么壮观的场面啊，天啊！我好想参加那样的狩猎！"

"嗯，查尔斯，你说得有道理。"斯科特先生慢慢地说，"我会把你这番话转告给我太太。她一直忘不了明尼苏达州的那次大屠杀。"

第二十三章

印第安人宣战的呐喊

第二天一大早，爸就吹着口哨犁地去了。中午回来时，爸全身沾满了烟灰，但他还是一脸开心的样子，因为这场大火把又高又密的野草清理干净了。

不过有关印第安人的事情让他感到不安。河边低地聚集的印第安人越来越多，玛丽和罗兰每天白天都会看到印第安人营地升起来的烟，晚上又听到他们野蛮的吼叫。

爸每天提前从地里回来，忙完一些杂活儿，就把皮特、帕蒂、邦尼、母牛和小牛犊关进马厩，不让它们待在院外吃草。

天色开始变暗，风停了，但印第安营地传来的喧闹声却异常响亮。爸把杰克牵进了屋，把门关严，紧紧闩好。天亮前，谁也不能出门。暮色渐渐吞没了小小的木屋，印第安人的叫喊声清晰地传到屋子里。

罗兰在睡梦中总能听到那令人心悸的叫嚷声和鼓声，还听到杰克用爪子狂抓着地板并接连发出低吼。有时，爸半夜里会从床上坐起来，仔细听着外面的动静。

一天晚上，爸从床下拿出一个盒子，里面装着做子弹的模子。

他坐在壁炉前，把铅块放到炉灶里熔化了以后灌进模子，制成子弹，他做了很久，直到用光了所有的铅块。

玛丽和罗兰躺在床上看着。以前爸从来没有一下铸过这么多子弹。玛丽问："爸，你做这么多子弹干什么？"

"我现在是闲得没事做。"爸说着，轻松地吹起口哨来。可是爸一整天都在耕地，累得都没精力拉小提琴了，现在为什么不早点儿休息，却为了造子弹而熬夜呢？

印第安人好久没有光顾小木屋了，玛丽和罗兰最近都没看见有印第安人经过那条小路。玛丽不喜欢去外面玩，罗兰只好独自一个人在外面玩耍。不过，她觉得大草原变了，变得与以往有些不一样，有些不安全。她有时会感到有东西在悄悄地尾随着她，有时又觉得有东西在偷窥她，当她转过头去却发现什么也没有。

有一天，斯科特先生和爱德华先生提着枪和爸在地里谈了很长一段时间，然后又一起走了。爱德华先生并没有到家里来，罗兰感到十分失望。

吃午餐的时候，爸告诉妈有些移民正在商量做围栏。罗兰不知道围栏是什么意思。爸告诉斯科特先生和爱德华先生，做围栏是个愚蠢的主意。他对妈说："如果需要建围栏，那也应该是在建房子之前。现在安装只会让他们感觉到我们的胆怯！"

玛丽和罗兰对视了一下，她们都清楚如果现在提问，妈就会告诉她们小孩子吃饭时不能随便讲话，或者干脆告诉她们只管听着不要多问。

吃完饭以后，罗兰终于有机会问妈什么是围栏。妈却告诉她这些事情不是小孩子该问的，也就是说有些事情不管小孩子怎么问，大人都不会说的。玛丽看了罗兰一眼，那意思是："我早告诉过你会是这样。"

杰克的耳朵不像从前那样耷拉着了，也不再对着罗兰笑了。即使罗兰轻轻地抚摸它，它的耳朵都警惕地竖着，脖子上的毛也都立着，使劲地龇着牙。它的眼里饱含着愤怒，每天晚上都会狂吠一阵。印第安人的鼓声越来越激烈，呐喊声更高亢、更狂暴。

到了半夜，罗兰被一阵恐怖的声音吵醒，吓得浑身哆嗦，直冒冷汗。

妈急忙跑过去，温柔地安慰她："罗兰，不会有事的，别把卡琳吵醒。"

妈身上还整齐地穿着衣服，罗兰紧紧地抱住了妈。炉火已经熄灭，屋子里一片漆黑，但妈还没上床睡觉。清澈的月光从窗外泻进来。窗上的木板被爸取下来，他正拿着枪站在窗前注视着外面。

远方传来了印第安人的敲鼓声和野蛮的号叫声。

不久，那可怕的声音再次响起。罗兰觉得自己的身体仿佛正向下跌落，她什么也抓不住，也没有任何依靠。过了很长时间，罗兰才恢复意识，慢慢睁开眼睛。

她尖叫起来："爸！那是什么？什么声音？"

罗兰全身颤抖，心里非常难受。猛烈的击鼓声和震天动地的呐喊声又传了过来，还好有妈的怀抱让她感觉很安全。

爸告诉罗兰："那是印第安人作战时的呐喊声。"

妈轻轻咳了一下，示意爸打住。不过爸说："卡洛琳，让她们知道也好。"

爸告诉她们，现在印第安人在商议是否要发动战争，不过，他们现在只是在商量，并围着火堆在跳舞。他让玛丽和罗兰不要害怕，因为他和杰克能保护大家，而且吉布森堡和道奇堡有军队驻守。

"玛丽、罗兰，你们不用害怕。"爸又强调了一遍。

罗兰用颤抖的声音说："爸，我不怕。"其实她心里依然感到恐惧。玛丽更是害怕得连话都说不出，蜷缩在被窝里浑身哆嗦。

这时，卡琳被吵醒了，妈赶紧抱着她坐进摇椅里，轻轻地摇着。罗兰从床上爬起来，紧紧靠着妈。玛丽也跟过来，依偎在妈身边。爸一动不动地站在窗前，向外望着。

罗兰觉得阵阵鼓声仿佛就敲在自己的头上，印第安人狂暴的呐喊声也似乎闯入了她的内心深处。那野蛮尖锐的呐喊声比狼的嗥叫声还要恐怖。罗兰知道要出大事了。紧接着，传来了印第安人宣战的呐喊声。

从来没有一个噩梦比今晚更令人恐惧。因为噩梦终究只是一个梦，总有醒来的时候。可是，现在这一切都是真实的，所以，罗兰没办法醒来逃脱。

宣战的呐喊声骤然停止，罗兰知道事情远没有结束。她紧紧地抱着妈，她感到妈的身体也在颤抖。杰克还在低声地吼叫，小卡琳在妈怀里哭闹着。爸抹掉头顶的冷汗，轻轻地吐了一口气。

"我从来没有听过这样的喊叫声。"爸说，"他们是怎么发出这样奇怪的声音的？"没有人接话。

"他们根本不需要枪，凭这叫喊声就能把人吓死。"爸说，"渴死我了，都没法儿吹口哨了。罗兰，帮我拿杯水来。"

罗兰听着爸这么说感觉轻松了些。她舀了一勺水递给爸。爸冲罗兰笑了笑，罗兰心情变得舒畅起来。爸喝完了水，笑着说："好了，我能吹口哨了。"说着他就吹了几声，来证明自己没问题。但是，爸很快又停下来仔细听外边的动静，罗兰也侧耳倾听着。此时，远方传来了一阵急促的马蹄声，而且越来越近。

木屋的一边不断地传来咚咚的敲鼓声和呐喊声，木屋的另一边则传来了一位骑手策马飞奔的声音。

　　马蹄声越来越急，越来越近，突然这声音绕过木屋，沿着通向河边的小路一路往下。

　　月光下，罗兰看到一匹黑色小野马和骑在它上面的印第安人的背影。他身上披着一条毯子，光秃秃的头顶上插着一簇羽毛，月光洒在他那冷冰冰的长枪上。他转眼就消失不见了，大草原再次陷入空寂。爸说那个印第安人就是上次来家里，想用法语跟他交谈的奥塞奇人。

　　爸自言自语地说："真搞不懂，这么晚了还骑着马拼命赶路做什么呢？"

　　没人回答他，因为谁也不知道。

　　鼓声又开始响起来了，印第安人野蛮地呐喊着，恐怖的战斗呐喊再次袭来。这一次持续了很久才渐渐减弱了。卡琳哭累了，终于睡着了。妈叫玛丽和罗兰也赶紧躺下睡觉。

第二天，他们都没敢出门，爸也没有离开家一步。印第安人的营地悄无声息，整个大草原一片寂静，只有风吹过焦黑的土地，也听不到风吹草动发出的沙沙声了。风吹过小屋，发出犹如河水流淌的声音。

可是那天晚上，印第安人的营地又传来了呐喊声，比前一天晚上更激烈。罗兰和玛丽紧紧靠在妈身边，小卡琳又被吓得大哭不止。爸拿着枪站在窗前，目不转睛地看着外面，杰克在屋里走来走去，不停地低吼。只要印第安人的战斗呐喊响起，它就跟着一个劲地狂叫。

过了一晚又一晚，情况一天比一天严重。玛丽和罗兰太累了，竟然在激烈的鼓声和印第安人的吼叫中睡着了。可是只要那种恐怖的声音响起，她们立刻会从睡梦中惊醒。

和喧闹的晚上比起来，白天反而更难熬。爸整日都在观望、倾听。犁还扔在地里，但他也顾不上了。皮特、帕蒂、邦尼、母牛和小牛犊都被关在马厩里。玛丽和罗兰也出不了屋。爸巡视着整个大草原，只要有一点儿动静，他马上就转过头去看。就连吃饭时，爸都会起身围着房前屋后转一圈，认真查看着周围的一切。

一天，爸太累了，坐在桌边睡着了。妈、玛丽和罗兰都没去叫醒他，想让他多休息一会儿——爸已经筋疲力尽了。可不一会儿，爸就在睡梦中惊醒了。他严厉地对妈说："别再让我睡着了！"

妈温柔地说："还有杰克呢。"

那个晚上，情形最糟糕。击鼓声轰隆隆震天响，呐喊声一浪高过一浪，整个山谷间都回荡着宣战的呐喊声，让人感到呼吸困难。罗兰紧张得浑身酸疼，尤其肚子疼得更厉害。

爸站在窗前说："卡洛琳，他们内部在争吵，可能会打起来。"

"噢，查尔斯，但愿如此！"妈说。

整整一夜，鼓声都没有停息。黎明前，最后一声呐喊终于停下来。

罗兰靠在妈的腿上睡着了。她醒来时发现自己躺在床上，玛丽就睡在她的旁边。大门完全敞开，刺眼的阳光照射在地板上，罗兰知道快到中午了。妈正在做午餐，爸在门口坐着。他对妈说："又有一帮人朝南去了。"

罗兰穿着睡衣跑到门前，看见一排长长的印第安人队伍经过。这支队伍在焦黑的大草原上朝南边走了。他们骑在马上的身影显得非常渺小，就像一群蚂蚁。

爸说，在这之前已经有两支队伍向着西部走了，而这一队人马在向南边走。这证实印第安人之间发生了争吵。现在，他们正在陆续离开河边的营地。看来，今年春天不会有声势浩大的猎牛行动了。

夜晚降临了，除了风声，周围静悄悄的。"今晚，我们终于能睡个安稳觉了！"爸说。果然，全家人都美美地睡了一觉，甚至没做一个梦。罗兰清晨一觉醒来时，看见杰克还一动不动地趴在地板上睡呢。

接下来的晚上，他们又香甜地睡了一夜。爸感到非常轻松，身体舒服了很多，他想到河边去看看。他把杰克拴在屋子里，拿着枪走向通往河边的小路。

爸一离开，妈、罗兰和玛丽都很不安，没心思做其他事，只能眼巴巴盼着爸快点儿回来。这天在地面上游走的阳光似乎移动得异常缓慢。

爸直到黄昏才回家，一切都平安无事。他沿着河边走了很远，看到了许许多多印第安人遗弃的营地，现在只有奥塞奇人还住在那里。

爸在森林里遇见了一个懂英语的奥塞奇人。那个人告诉爸，除了奥塞奇人，其他印第安人一致决定把进入他们领地的白人赶尽杀绝。他们正准备动手时，那个骑马的奥塞奇族印第安人赶到了。

那个印第安人从遥远的地方赶来，就是为了阻止印第安人屠杀白人。印第安人称他为"伟大的战士"。

"那个勇士索达·杜·彻尼。"爸说，"他与其他印第安人据理力争，终于使族里所有同胞都听取了他的意见。然后，他对其他部落的人宣布，如果有人想要屠杀白人，就是和所有奥塞奇人作对！"

正是因为如此，最后那个可怕的夜晚才吵得如此激烈。

其他几个部落的人对着奥塞奇人大吼大叫，奥塞奇人也毫不示弱地冲着他们呐喊。最终，其他部落的印第安人不敢与勇猛的索达·杜·彻尼决斗，所以他们第二天就纷纷离开了。

"那个印第安人真是善良啊！"爸说。无论斯科特先生怎么说，他始终坚信印第安人中还是有不少好人的。

第二十四章
印第安人都走了

大家又美美地睡了一觉，能睡个安稳觉真是一种享受！寂静的草原显得十分安全和宁静，河边树林里偶尔传来猫头鹰"呜——呜——"的叫声，一轮皓月正慢慢滑过无边无际的天空。

早晨，阳光温暖地洒在大地上。成群的青蛙在河边呱呱地叫着，似乎在说："水深没膝，快蹲下，最好绕着走！"这是妈告诉玛丽和罗兰的，从此她们就真的能听懂青蛙的叫声了。

小屋的门敞开着，和煦的春风吹进小屋。吃过早饭，爸兴高采烈地吹着口哨出去了，他准备套上皮特和帕蒂犁地去。突然，口哨声停了下来，爸在门前的台阶上站住了，瞅着东边喊道："卡洛琳，快来看啊！玛丽、罗兰你们也来。"

罗兰跑了出去，她被眼前的景象震惊了，有很多印第安人排着队走过来。他们并没有走那条通往河边的路，而是骑着马从东面很远的河边谷地往上走。

领头的正是那天夜里骑着马经过小屋的高个子印第安人。杰克开始狂吠，罗兰的心剧烈地跳动起来，幸好她就在爸身边。她知道这是一个善良的印第安人，就是他阻止了其他印第安人屠杀

160

白人。

他骑的黑色小马摇晃着脑袋和身上的鬃毛，尽情地呼吸着新鲜空气。它身上没有马鞍，没有缰绳，甚至连一根皮带也没有。它自由地沿着印第安古道奔跑，似乎心甘情愿让主人骑在它的背上。

杰克愤怒地咆哮着，奋力想挣脱掉链条，它还记得那个印第安人用枪指过它。爸喊道："杰克！不许叫了！"可杰克没听，爸第一次打了杰克，并命令道："趴下！安静点儿！"杰克这才闭上嘴巴，卧在地上。

印第安人离小屋越来越近，罗兰的心也越跳越快。她最先看到印第安人的鹿皮皮鞋上缀满了五颜六色的珠子，随后她把目光往上移，看到印第安人身上披着一条鲜艳的毯子，一只裸露着的古铜色胳膊抱着一杆枪。罗兰继续朝上看，看见了印第安人古铜色的脸庞。

那是一张高傲而冷峻的脸庞，无论发生什么，他都面不改色。他那双炯炯有神的黑眼睛坚定地凝视着前方。他骑在黑马上，稳如泰山，只有头上的羽毛随风摇摆。

"索达·杜·彻尼。"爸举起手向他致以深深的敬意。

快乐的小马和纹丝不动的印第安首领一闪而过，仿佛小木屋、马厩、爸、妈、玛丽和罗兰他们都不存在似的。

爸、妈、玛丽和罗兰慢慢转过身来，注视着印第安首领直挺、高傲的背影。紧接着，其他的小马和骑在马背上披着毛毯、脑袋上只留一绺头发的、插着羽毛装饰的印第安人也陆陆续续地走过来。一张张棕色的脸庞从眼前掠过。小野马的马鬃和马尾随风飘扬，玻璃珠子闪烁着耀眼的光芒。插在印第安人头上的羽毛在风中轻轻摇摆，放在马背上的枪支在阳光下闪闪发光。

罗兰兴奋地看着那些黑色的、红色的、棕色的，还有带斑点的小马。它们的小蹄子踏在印第安小路上，发出清脆的马蹄声。它们看见了杰克，就张大了鼻孔，尽量避远些，接着又雄赳赳地走过来了，用它们又黑又亮的眼睛好奇地打量着罗兰。

"哦！快看啊，那匹马多漂亮啊！"罗兰拍着手激动地喊着，"看那匹！带花斑的那匹！"

她太喜欢这一匹匹飞奔而来的小马了，看多久也不会觉得疲劳。

过了一会儿，罗兰的注意力被一个印第安女人以及她背后的小孩吸引了过去。印第安女人和小孩骑着马跟在男人们后面，那些小孩年纪和玛丽、罗兰相仿，骑在漂亮的小野马背上走过去。印第安人的小野马身上没有马鞍和缰绳，印第安人的小孩也不穿衣服。他们赤裸着身体，享受着温暖的阳光，呼吸着新鲜的空气，披着又长又直的黑发，黑色的大眼睛闪烁着快乐的光芒。他们像印第安大人一样，挺直腰板稳稳地坐在马背上。

经过小屋时，那些印第安小孩好奇地看着罗兰，罗兰也目不转睛地盯着他们看。她突然冒出一个调皮的想法，她想变成一个印第安女孩！当然她并不是真想成为印第安女孩，她只是很想不用穿笨重的衣服，骑着小野马尽情地在野外玩耍！

印第安小孩的妈妈也骑着小马，腿上的皮革流苏不停摇摆，身上裹着不同颜色的毛毯。她们披散着光滑的黑发，没有佩戴任何饰品，褐色脸庞显得非常和善。有些女人背着一只狭长的包裹，小婴儿从包裹里探出了脑袋。有些幼儿或婴儿则被放在马匹一侧的篮子里，靠在妈妈身旁。

越来越多的小马驮着小孩和小婴儿从小木屋前经过。这时，有一个骑马的印第安母亲经过，她的马背两侧各挂了一只篮子，一边装着一个小婴儿。罗兰好奇地盯着小婴儿，小婴儿也瞪着黑黑的眼睛看着罗兰。他的小脑袋从篮子里露了出来，头发黑得像乌鸦的羽毛，一双又黑又亮的眼睛就像是黑夜里闪耀的星星一般。罗兰突然很想把这个婴儿抱回家。

"爸！"她压低嗓门说，"我想要那个印第安小孩子！"

"闭嘴！罗兰！"爸严厉地呵斥道。

小婴儿跟着妈已经离开小屋好远了，还一直扭着头，盯着罗兰看。

"哦，爸，我真喜欢他！我想要他！"罗兰苦苦哀求道。那个婴儿越走越远了，但依然回头望着罗兰。"你看啊！他也想和我待在一起。"罗兰喊着，"爸，求求您了！"

"别吵了！"爸说，"你想想，他的妈妈怎么能舍得下他呢？"

"噢，爸！"罗兰不肯罢休，她伤心地哭了出来。她知道哭很丢脸，却怎么也控制不住自己。那个印第安婴儿走远了，她知道自己以后再也看不见他了。

妈不明白罗兰怎么会有这么奇怪的想法。她劝罗兰："罗兰，别哭了，真不害臊。"可是罗兰还是一个劲地哭着。"我真搞不懂，你怎么非想要一个印第安小孩呢？"妈问她。

"因为他的眼睛黑亮得像宝石！"罗兰抽泣着说。罗兰也解释不清她到底为什么喜欢那个印第安小孩。

"别难过了，你还有小卡琳啊！她不也是个婴儿吗？"妈说。

"可我就是想要那个印第安小孩嘛！"罗兰大声哭喊。

"真是莫名其妙！"妈说道。

"罗兰，快看那些印第安人。"爸说，"从东边看到西边，告诉我你看到了什么？"

起初她几乎什么也看不到，她的眼里噙满泪水，喉咙里还呜呜地哼着。过了一会儿，她的心情就平静了许多。她朝西看了看，又往东看去，满眼都是印第安人，他们的队伍如同一条长龙，都看不到尽头了。

"竟然有这么多印第安人，真吓人！"爸说。

印第安人没完没了地骑着马从小木屋前经过。小卡琳已经看烦了，坐在小屋的地板上独自玩了起来。罗兰坐在台阶上，爸紧挨她站着，玛丽和妈站在门口。他们一直看着印第安人的大队人马慢慢经过。

到了午饭时间，没有人想到吃饭。印第安人的队伍络绎不绝，有些马驮着兽皮、帐篷架子、煮饭锅以及晃来晃去装着东西的篮子。接着，又来了一些女人和赤裸着身体的印第安小孩。后来，最后一匹小马也从门前走了过去。爸、妈、玛丽和罗兰还呆呆地站在门前，望着印第安人的背影慢慢消逝在西边的尽头。印第安人离

开大草原以后，整个世界都变得寂静起来，草原显得十分落寞与孤寂。

妈说她心情不好，不想动。爸安慰妈先去休息一下，不用做其他的事。

"哦，查尔斯，我得给你做些吃的啊。"妈说。

"不用，卡洛琳。"爸说，"我不饿。"他说完就驾着皮特和帕蒂去田里耕种了。

罗兰也什么都吃不下。她一直坐在台阶上，痴痴地望着印第安人远去的方向。她似乎还能看见那飘扬的羽毛和印第安婴儿那双黑溜溜的眼睛，耳边还能听见马蹄声。

第二十五章
离开的决定

印第安人离开后，草原恢复了往日的平静。一天早晨，整个大地都披上了绿装。

"哦！这些草是什么时候长出来的？"妈惊讶地问，"昨天土地还是焦黑一片，可现在放眼望去都是绿草了。"

一群群野鸭和大雁匆匆飞向北方。河边的树林里，乌鸦呱呱地乱叫。风穿过翠绿的草丛，温柔地呢喃着，带来了泥土的芬芳和万物生长的气息。

每天早晨，小鸟们一边唱歌一边在天空中飞舞。麻雀、水鸟和矶鹬在河边低地里叽叽喳喳地叫上一整天，到了晚上，嘲鸫也加入鸟的合唱中。

一天晚上，爸、玛丽和罗兰坐在门前的台阶上，静静地看着小白兔在星光下的草丛中嬉闹，兔子妈妈耷拉着耳朵在旁边看着它们。

白天大家都很忙。爸正在抓紧时间犁地，玛丽和罗兰帮妈种菜。妈用锄头在地上挖一个小坑，玛丽和罗兰就仔细地把种子放进坑里，妈盖好泥土。她们种了青豆、胡萝卜、豌豆、洋葱和萝卜。

大家都感到非常高兴，因为春天已经来了，他们很快就可以吃上新鲜可口的蔬菜，经过一个漫长的冬季，大家早就已经吃腻了面包和肉类。

一天下午，爸早早地从地里回来，帮妈移栽秧苗。妈之前就在木箱里装上了泥土，把卷心菜的种子播撒上去。妈每天都会细心地给它们浇水，太阳一出来，妈就把箱子移到窗口晒太阳。地瓜是圣诞节时爱德华先生带来的，妈留了一个，把它种在了另一个木箱里。如今，卷心菜的种子已经发芽了，长出了绿绿的小苗，地瓜也发出许多新芽，每一个小芽上都长着绿色的嫩叶和一根绿茎。

爸和妈轻轻地把一棵棵嫩苗拔出来，移栽到挖好的坑里，再给它们浇水，盖上一层土。忙完这些，天已经完全黑了。虽然他们很累，但都很开心，因为今年就可以吃上卷心菜和土豆了。

每天，他们都要到菜园子里看看。因为这是新开辟的土地，不仅地面不平坦，还有野草不断生长出来，不过，所有的小苗都在茁壮成长。皱巴巴的豌豆叶破土而出，洋葱也冒出了尖尖的嫩芽。青豆从土里钻出来，一根软软的、像弹簧一样卷曲的黄色豆茎把蚕豆举了起来。接着豆子爆裂开，藏在里面的两片叶芽在阳光下舒展着腰肢，尽情地晒着太阳。

过不了多久，他们就能过上国王般的富足生活了。

每天早晨，爸都愉快地吹着口哨下地干活儿。土豆已经种完一半了，剩下的一半很快就会种到地里。爸把一袋玉米种子系在腰间，一边犁地，一边把玉米种子撒到犁好的土沟里，再用土盖好。尽管泥土还有很多杂草根缠绕，但玉米种子还是会顽强地钻出来，慢慢长成一片玉米地，不久后，他们就有青玉米吃了。等到了冬天，皮特和帕蒂也可以吃到玉米啦！

一天早晨，玛丽和罗兰正在清洗餐具，妈一边哼着歌一边整理床铺。玛丽和罗兰高兴地谈论着菜园子的事情，罗兰最喜欢吃豌豆，玛丽更喜欢吃蚕豆。

突然，她们听到爸在愤怒地大声说着什么。妈急忙冲出了门，玛丽和罗兰跟在后边也跑了出去。

爸正赶着拖着犁的皮特和帕蒂从地里往回走。斯科特先生、爱德华先生跟在爸的身后，斯科特先生好像和爸争执了起来。"不！斯科特，"爸大声喊着，"我绝不会待在这里，像个无赖那样被军队东追西赶！要不是华盛顿那些政客胡说，我绝对不会来印第安人居住地垦荒。我可不想等军队来驱逐我们，我们现在就走！"

"查尔斯！你说什么？发生了什么？我们要去哪里？"妈不安地问。

"我也不知道！不过我们必须离开！而且越快越好。斯科特先生和爱德华先生说，政府要派军队把所有移民从印第安人的领土上赶出去。"

爸的脸涨得通红，两只蓝眼睛就要喷出怒火了。罗兰从没见爸发这么大的火，吓得不敢作声，缩到了妈身后。

斯科特先生还想说些什么，却被爸打断了。"斯科特，别劝我了。你要是不肯走，就等着军队来驱赶你吧。我们要先走一步了！"

爱德华先生说他也会走，他也不愿意留在这儿让军队赶他走。

"跟我们一道走吧，爱德华。"爸说。但是爱德华先生说他不愿意去北边，他会做一条小船，然后顺流而下，到南边去开垦新的土地。

"你最好还是和我们一起走，"爸劝他，"我们可以步行穿过密苏里州。你要是一个人驾着船，顺着处处都有印第安部落驻扎的弗迪格里斯河划行，那太冒险了！"

但爱德华先生说他去过密苏里州，而且他有充足的火药和子弹。

爸让斯科特先生把母牛和小牛牵走了。"我们没法带着它们赶路。"爸说，"哦，斯科特，我的好邻居，我真舍不得跟你们分别。不过我们明早就要离开这里了。"

罗兰一字不漏地听着爸的话，可是她一直不敢相信。直到她看到斯科特先生牵着牛渐渐远去时，她才相信这一切都是真的了。温顺的母牛长角上拴着绳子，被斯科特先生牵走了，小牛犊活蹦乱跳地跟在后面。它们这一走，就没有了牛奶和黄油。

爱德华先生说他接下来有很多事需要做，就没有时间再来看他们了。他紧紧地和爸握了握手说："再见，祝你们好运！"然后转身对妈说："再见，夫人，我永远不会忘记你的友情和热情。"

然后爱德华先生又分别握了握玛丽和罗兰的小手，把她们当成大人一样对待。"再见了，可爱的小姑娘们。"他微笑着说。

玛丽有礼貌地说："再见，爱德华先生。"可是罗兰难过得顾不上那些礼节了，她说："噢，爱德华先生，我真希望您不要离开我们！谢谢您特地赶到镇上帮我们找到了圣诞老人。"

爱德华先生的眼睛湿润了，他默默转过身离开了。

爸把皮特和帕蒂身上的缰绳解开了。玛丽和罗兰知道这事确切无疑了，他们真的要离开这片草原了。妈走进屋子，环视四周，看看刚刚刷好的盘子，瞧了瞧还没收拾好的床铺，举起双手坐了下来。

玛丽和罗兰继续清洗餐具。她们小心翼翼地刷洗着，生怕碰出一点儿响声。爸从外边回来了，也朝四周望了望。爸又恢复了以往的神情，手里拎着一袋土豆。

"卡洛琳，做一顿丰盛的午餐吧！"爸说，听起来他似乎心情还不错，"为了留着做种子，我们一直舍不得吃，现在就让我们好好地享用吧！"

这天中午，他们把用来做种子的一袋土豆吃了个精光。土豆非常好吃。罗兰突然想起了爸常说的那句话："有失必有得。"

午饭后，爸去马厩里把马车的车篷支架拿了出来，将篷架的两头分别插在车篷一侧的铁环里并固定好，然后又和妈一起把那张帆布车篷盖在上面，紧紧地系牢。接着，爸用力拉住篷布后那根绳子，将车篷盖收紧，只留出一个小小的圆孔。这样，篷车的一切都已准备好，只等第二天早晨装车了。

那一晚大家都陷入了沉默，就连杰克也意识到有什么不对劲，罗兰睡觉时，它紧紧地靠在罗兰的旁边。

现在天气已经暖和了，用不着烤火了。可爸妈还是呆呆地望着壁炉里的火苗。

妈轻轻地叹口气说："一年就这样过去了啊，查尔斯。"爸却爽朗地说："一年算什么，我们的时间多的是呢！"

第二十六章
出　发

第二天吃过早饭后，爸和妈就赶紧把行李往马车上搬。

他们把所有的被褥整齐地放在车厢后面，铺成了两张床，然后把漂亮柔软的方格毯子铺在上面。这样白天罗兰、玛丽和小卡琳可以坐在上面玩耍，到了晚上，妈就会把上面的床搬下来放到马车前面，变成了爸和妈休息的地方。玛丽和罗兰就睡在下面那层床铺上。

接着，爸从墙壁上取下了小橱柜，妈把食物和餐具包好装进里面。爸把小橱柜放在马车前座下面，把一袋喂马的玉米饲料垫在上面。

"这样正好，我们还有搁脚的地方，卡洛琳。"爸说。

妈用毯子缝成两个大口袋，把所有的衣服都装了进去。爸把这两只袋子挂在车篷的支架上，支架另一端挂着爸的猎枪，下面吊着子弹袋和火药筒。爸把小提琴盒放在床头，因为那里很柔软，不容易碰坏。

妈把烤炉和咖啡壶等东西都装进了袋子里，爸把摇椅和浴盆紧紧地绑在马车外，把水桶和喂马用的桶挂在车的下面，然后把锡灯笼挂在车厢前面的角落里。

东西都装好了，没带走的就只剩下犁。马车里实在腾不出空地了。不过等他们找到新的地方安顿下来后，爸可以多打些猎物，用兽皮换一副新犁。

玛丽和罗兰爬上车，坐在车后面的床上，小卡琳坐在她们中间。她们都刚刚梳洗过。爸夸她们像猎狗的牙齿一样光洁，妈却说她们像崭新的别针一样闪亮。

爸把皮特和帕蒂套上马车，妈爬上车，坐在座位上，一手抓住了缰绳。这时，罗兰突然想再看一眼小木屋，她央求爸。于是爸把马车后面拴好的篷布松开一个口，玛丽和罗兰探出脑袋往外面看。但绳子依然收得很紧，以防小卡琳滚出去掉到饲料槽里。

小木屋还是那么的温暖舒适，它并不知道主人就要离开了。爸在门前站了一会儿，环顾着屋里的一切。他看了看床架、壁炉和玻璃窗，最后轻轻地关上门，把闩门的绳子留在了门外。

"说不定会有路人经过这里，需要进来歇歇脚。"爸说。

爸爬上车，拿起缰绳，大声吆喝着，让皮特和帕蒂跑起来。

杰克紧紧跟着马车走着。皮特冲着邦尼叫了几声，邦尼就靠近了它，他们就这样出发了。

马车快要走进河边低地时，爸勒住马，一家人再次回头看了看。

放眼望去，草原上无论东西南北哪个方向，都静谧无声。茂密的青草像波浪一般随风起伏，白云高高地飘浮在蓝天之上。

"卡洛琳！这片土地真美啊！"爸说，"只可惜过不了多久就要被野蛮的印第安人和狼群霸占了。"

再也看不到小木屋和马厩了，它们被孤零零地留在了大草原上。

皮特和帕蒂拉着车一路小跑。马车很快经过了峭壁来到河边，一只嘲鸫在树梢上叫起来。

"我从来没有这么早就听到嘲鸫唱歌。"妈说。爸温柔地说："它正跟我们说再见呢！"

马车翻过低矮的山丘，来到了河边。水位很低，他们轻松地涉过了浅滩。河边的一只只长角鹿静静地伫立在那里目送着他们离去，母鹿带着小鹿躲进了树荫里。马车穿过陡峭的红色山崖，又进入了大草原。

皮特和帕蒂马不停蹄地一路奔跑。马蹄经过河边开阔地时发出沉闷的声音，但到了大草原上，地面变得坚硬，马蹄声又显得清脆悦耳。忽然吹过一阵风，篷布跟着发出呼呼的响声。

爸、妈、玛丽和罗兰都安静地坐着。不过罗兰内心很兴奋，因为她不知道明天会身处何方，不知道会遇到什么事情。

中午，他们走到一处清澈的泉水旁，爸把马卸下来让它们饮水、吃些东西。一到炎热的夏季，泉水就可能干涸，但现在水还很满。

妈把凉玉米饼和培根拿了出来，他们坐在干净的草地上借着马车的阴影吃起了午餐。玛丽和罗兰吃完饭在草原上跑来跑去，采了很多漂亮的野花，等妈把一切收拾好，爸把帕蒂和皮特重新套上马车。

他们继续在大草原穿行。他们所看到的，除了摇摆的青草、一望无际的蓝天以及连绵不断的车轮印，别的什么都看不见。偶尔会有只兔子一跃而过，有时还看到一只野鸡领着一群小鸡匆匆躲到草丛中。

小卡琳睡着了，玛丽和罗兰也开始打瞌睡。突然，她们听到爸说："前边出事了。"

罗兰一下就清醒过来。远处有一个明亮的小东西，她看不出有什么不对劲的。"在哪儿？"她问爸。

"你看那里。"爸指指那个小东西，"它现在不动了。"

罗兰没再说话，原来那是一辆马车。渐渐地，那辆马车变得越来越清晰。他们才发现这辆马车前面没有套马，周围静悄悄的。紧接着，罗兰看到有个黑点在马车前面晃动着。

原来是两个人坐在车子旁边，是一个男人和一个女人。他们低着头看着自己的脚发呆，直到爸赶着皮特和帕蒂站在他们面前时，他们才抬起了头。

"出什么事了？"爸问，"你们的马呢？"

"不知道。"男人一脸茫然地说，"昨晚我们睡觉前它们还套在车上，今天早上不见了。绳子被割断了，肯定是盗马贼干的。"

"你们的狗没叫唤？"爸问。

"我们没有狗。"男人说。

杰克一声不吭地趴在马车下休息，没有乱叫，也没有到处乱跑。它是一只非常聪明的狗，知道怎么对待不同的陌生人。

"唉，既然马被偷了，肯定找不到了。"爸说，"那些可恶的偷马贼真该被绞死！"

"没错！"男人愤愤地附和着。

爸看了妈一眼，妈点了点头，然后爸说："那就坐我们的马车一块儿去镇上吧。""那怎么行！"男人说，"车上装着我们全部家当呢。"

"可是，你就打算在这里一直待着吗？"爸问，"这里可能有好几天，甚至好几个星期没人路过，你们不能留在这里啊！"

"我不知道。"男人说。

"总之我们绝不离开马车！"那个女人也开口了。她还低头看着放在膝盖上的双手，遮阳帽几乎把她的脸挡住了。罗兰看不到她的脸。

"还是和我们走吧。"爸还想说服他们，"然后再回来拉你们的马车。"

"谢谢您的好意，我们不能走。"女人说。他们舍不得离开马车，因为他们所有的家当都在车上。最后，爸无奈地驾车离开了。

"新手！他们什么经验也没有。带着全部家当出来闯荡，竟然没想着带条狗，而且还把马拴在车上就倒头大睡。"爸轻轻哼了一声，又说，"没见过他们这么大意的。依我看，他们根本没法在密西西比河的西部生活！"

"查尔斯，他们以后会怎么样啊？"妈问。

"镇上有军队，"爸说，"等我们到了那里，我会去报个信儿，部队会派士兵过来救助他们的。他们幸亏遇到了我们，不然谁会知道他们在那儿呢！"

罗兰一直望着那辆马车，看着它渐渐变成了小黑点，最后终于消失不见了。

爸赶着马车继续前进，一路上他们再也没遇到过什么人。太阳快要落山时，爸把马车停在一口井旁。水井旁有一幢房子，可惜已被烧毁了。但水井没有枯竭，可以打水喝。玛丽和罗兰捡了一些没烧完的木块生起了火。爸卸下皮特和帕蒂，牵它们去饮水，然后把它们系在了木桩上，喂它们玉米吃。接着他把车座卸下来放到草地上，又把盛放食物的橱柜搬了下来，妈开始麻利地准备起晚饭来。

日子又像回到了从前。爸、妈抱着小卡琳坐在车座上，玛丽和罗兰坐在马车的踏板上，捧着餐盘，吃了一顿热气腾腾的晚餐。皮特、帕蒂和邦尼也吃着鲜嫩的青草。罗兰把自己的食物留了一些给杰克，他们吃饭时，是不允许杰克要食物的，等大家吃完了才会给它食物。

太阳很快就落山了。爸把皮特和帕蒂拴到了饲料槽旁，然后又把邦尼拴在马车的一侧。忙完这些，爸开始吸烟。小卡琳早就睡着了，妈把玛丽和罗兰送上了床，小卡琳就睡在她们旁边。

然后，妈走到篝火旁，靠着爸坐下了，爸从琴盒里取出小提琴。

噢，苏珊娜，
请不要为我流泪。

爸边拉边唱起来，

我将要去加利福尼亚，
那淘金的盘子放膝上，
我时常思念故乡，
总希望当初没有离开家。

琴声忽然停了下来，爸对妈说："卡洛琳，我一直在想，我们种的那些蔬菜已经变成兔子的美餐了，它们该有多高兴啊！"

"哦，查尔斯，别提了。"妈有些难过地说。

"这没什么大不了的，卡洛琳！"爸安慰妈说，"我们以后会开垦一片更大的菜地。不管怎么样，我们从印第安领地收获的总比付出的要多得多。"

"我怎么没看到收获？"妈问。

"怎么没有，我们不是多了个小邦尼吗？"爸回答道。

妈被爸逗笑了。接着爸又唱了起来：

我要留在迪克西，

生在那儿，死在那儿，

向前，向前，向前，

向着迪克西的南方前进！

爸的歌声那么动听，罗兰忍不住想从床上爬起来。但她此时只能乖乖地躺在马车里，否则会吵醒小卡琳。玛丽很快就睡着了，可是罗兰一点儿也不困。

她听到杰克在马车下面铺自己睡觉的窝，它不停地用爪子抓挠地面的草，终于找到一个平坦舒服的地方，舒舒服服地蜷成一团，满意地吐了一口气。

皮特和帕蒂还在嚼着剩下的玉米，拴在它们脖子上的链子发出哗啦啦的声音，此时小邦尼也在马车侧面睡着了。

清朗的夜空中，繁星闪烁。一家人安全舒适地度过了这个夜晚。这个罩着篷布的马车又变成了罗兰的家。

小提琴还在奏着悠扬的曲子，爸情绪饱满地又唱了起来：

男孩们，

让我们集合在国旗下，

让我们重新出发，

为了自由一起呐喊！

罗兰激动地想要跟着一起呐喊，这时妈正好转过头在往篷车里看。

　　"查尔斯！"妈说，"罗兰还没睡着呢。听着这样的音乐，她肯定睡不着的。"

　　爸没说话，但小提琴的旋律却变得柔和许多，温柔得像摇篮曲一样。罗兰跟着那舒缓的节奏慢慢合上了眼，感觉自己正随着爸的歌声在碧波荡漾的草原上随风飘摇，爸的歌声也跟着飘着：

　　　　摇啊，摇啊，
　　　　在这波光粼粼的水面，
　　　　我们的小船似一片羽毛，
　　　　轻轻地向前摇。
　　　　摇啊，摇啊，
　　　　我的爱人，让我们向前摇，
　　　　越过海洋，
　　　　我将日夜随你游荡。